BANLIEUE NOIRE

RÉMI PÉPIN

BANLIEUE NOIRE

le
cherche
midi

J'irai au cimetière déterrer les os de tes morts
pour construire une échelle
et monter niquer la chatte à ta mère.
Proverbe montreuillois – Fin xx^e^

Ils sont les seuls hommes libres de la ville,
les mauvais garçons :
ils vivent au bonheur la chance,
ils chantent dans les fêtes,
dorment sur la grève du port,
aiment les boniches,
et ne connaissent pas de règles
pour dormir et se réveiller.
Bahia de tous les saints – Jorge Amado

Rudie can't fail
Rudie Can't Fail – The Clash

À l’ami Boris, Montreuillois

PROLOGUE

« Dicave le lascar, là-bas !

— Où ça ? Où ? On y voit que dalle…

— Mais là putain, d'vant la caisse. T'es bigleux ou quoi ? Mate ça comment qu'il a l'air mort, cet enculé.

— Ah, mais ouais. Mais ouais, j'le vois, là. Comment il a pris cher sa mère, lui. Vas-y, viens on s'arrache, v'là les schmidts. »

Le plus petit des deux loubards balança le mégot de sa gauldo vers le type allongé un peu plus loin, comme pour conjurer le mauvais sort, et les oiseaux de bitume, toutes bottes dehors, prirent rapidement la tangente.

Le break 404 métallisé avait été abandonné là, au milieu de ce petit parking cerné par les tours de la cité du Bel-Air. On n'était encore qu'au printemps, mais la soirée était déjà chaude et poisseuse comme les prémices de l'été à venir. Ici et là, on distinguait des fenêtres juste éclairées par la lumière électrique et froide des téléviseurs. Sur la Une, on attaquait le film du soir. Le silence n'était troublé que par le léger ronronnement du moteur au ralenti, et de la fumée s'échappait par à-coups réguliers du pot d'échappement. Portières grandes ouvertes, la voiture d'un gris indéfinissable, sale, rouillée et cabossée, avait tout d'une baleine de ferraille échouée. Un liquide noir épais s'écoulait du bas de caisse sur le bitume, à l'avant, sous le capot. Les phares allumés projetaient une ombre informe sur le mur d'un immeuble juste en face. Sur la chaussée, à environ un mètre au-delà des pare-chocs, un homme était allongé sur le ventre, les jambes baignant dans une flaque sombre et gluante. Sous sa cuisse gauche, le tibia décrivait un angle aberrant, l'inverse exact de ce qu'un genou en bon état de marche aurait dû permettre, et le bas de son jean gorgé de sang ne semblait plus rien contenir d'autre que des os qu'on aurait passés au broyeur. L'une de ses bottes à bouts pointus reposait debout à côté de l'endroit où aurait dû se trouver son pied. Le pare-chocs et la calandre de la Peugeot étaient profondément enfoncés, l'impact avait dû être terrible. Le pare-brise, étoilé et maculé de sang, n'avait pas cédé au moment du choc. Le type avait rebondi et fini sa course sur le bitume un peu plus loin. Sa cage thoracique se soulevait encore de temps à autre, mais de manière tellement aléatoire que tout semblait indiquer qu'il cesserait bientôt de respirer.

Il n'était pas loin de vingt et une heures, et la cité semblait s'assoupir doucement. Pourtant, lorsque montant de la route du cimetière la sirène du panier à salade se fit entendre de plus en plus régulièrement et de plus en plus fort, quelques fenêtres des immeubles alentour se refermèrent. Le Bel-Air avait sa réputation, faite de légendes urbaines toutes plus sanglantes les unes que les autres, colportées par un bouche-à-oreille ayant fait ses preuves. Une des plus célèbres racontait l'histoire d'un quidam ayant découvert, dans un caniveau, une paire de testicules quasi neufs ainsi que le coupe-chou qui avait servi à les désolidariser de leur propriétaire d'origine. Le pourquoi du comment de l'affaire restait, encore à ce jour, un mystère complet, et bien malins ceux qui auraient pu certifier comme authentique le fait divers sanglant. Il n'empêche, celui-ci, comme les autres, obéissait au précepte qui régissait les échanges avec la loi de manière très claire : ici, on ne parlait pas, et encore moins aux représentants de l'ordre public.

Le fourgon, un vieux modèle Citroën anguleux en tôle ondulée noire et blanche, portait sur les flancs l'inscription Police Secours. À l'intérieur, trois perdreaux blafards et ensommeillés, l'haleine chargée de tabac froid, tentaient de faire bonne figure. L'équipage décrivit un demi-cercle en faisant crisser la gomme, contourna le tas de ferraille et s'arrêta net devant le corps allongé sur le sol, les phares du panier à salade effaçant d'un coup l'ombre sur le mur de l'immeuble. L'homme n'avait maintenant plus besoin de secours, mais les keufs, eux, ne manquaient pas de pain sur la planche.

TAGADA, TAGADA…

Nono, après avoir ouvert les portes d'un coup sec, s'engouffra dans le wagon de première encore à quai et se dirigea, avec la souplesse relative que lui permettait sa paire de santiags flambant neuve, vers une banquette quatre places. La rombière emmaillotée dans un tailleur gris terne, qui commençait déjà à s'assoupir sur son siège de l'autre côté de la travée, leva un sourcil désapprobateur : celui-là, avec sa tête de malfrat et son blouson noir, il n'avait pas de ticket, ça ne faisait pas un pli. C'était tout de même un monde ! Même en première, pas moyen d'avoir la paix avec tous ces voyous. Ignorant le regard courroucé de sa voisine, le grand loubard s'installa confortablement sur la banquette double, dépliant les jambes et plantant les talons biseautés de ses bottes dans l'écrin de skaï orange gracieusement offert par la Régie autonome des transports parisiens. Il était bien rare de croiser des contrôleurs en plein milieu de l'après-midi, et de toute façon, vu sa tronche et sa touche, ces derniers ne mettaient en général qu'assez peu de zèle à vérifier la fraîcheur de son titre de transport. Rincé par le périple qui l'avait amené jusque-là – et probablement aussi par la soirée sévèrement arrosée de la veille avec des potes au troquet d'en bas de chez lui –, il piqua doucettement du nez dans le col de son perfecto et attaqua un petit roupillon tout ce qu'il y a de peinard.

À sa décharge, on précisera que Nono habitait le haut Montreuil depuis sa plus tendre enfance (un peu au-delà de La Boissière, du côté de l'hôpital, pour être précis) et que la priorité absolue, lorsqu'on nichait sur ce genre de sommets, était d'en partir au plus vite. Se tirer, se trisser, mettre les bouts, histoire de rejoindre la civilisation et de laisser derrière soi ce mélange hétéroclite de pavillons mal dégrossis – sam'suffit de pacotille pour prolo en fin de carrière – et de cités pouilleuses aux commerces entamant déjà leur lent déclin.

Sauf que, de là-haut jusqu'au métro, ça faisait une petite trotte.

Alors, bien sûr, étant l'heureux propriétaire d'un permis de conduire en bonne et due forme, Nono aurait pu envisager de dégotter une voiture quelconque, mais, ce jour-là, pour des raisons bien indépendantes de sa volonté et liées à un juge un peu pointilleux qui avait souhaité le soulager du précieux document pour quelque temps, il avait dû se rabattre sur les transports en commun. La cause ? Une tragique affaire d'excès de vitesse un samedi soir du côté du bois de Boulogne. Le joli carton dans un platane avait entraîné une explication de gravure un peu virile avec une radasse se plaignant de ne pouvoir exercer son boulot tranquillement, toujours emmerdée qu'elle était par « des petites fiottes avec rien dans le slibard, qui venaient là pour se rincer l'œil et n'étaient même pas foutues de conduire tout droit ». La soirée avait inévitablement fini par une bonne distribution de mandales au commissariat local, et la convocation au tribunal n'avait pas traîné. Cette fois-là, son avocat commis d'office ayant mis la machine à faire chialer Margot en route, non sans un certain talent – un père alcoolique et violent, une mère quasiment demeurée mais une réelle volonté de mon client de s'insérer dans la société dont je suis sûr que vous saurez tenir compte, monsieur le juge –, Nono avait encore réussi à éviter le placard ferme malgré les échanges de gnons avec la professionnelle et avait ramassé trois mois avec sursis. Le baveux l'avait toutefois prévenu : la prochaine serait la bonne. Dans la foulée, le juge lui avait quand même étouffé son permis, rapport à l'excès de vitesse.

Il avait donc commencé par attraper le 122 à la volée rue du Bel-Air puis était descendu du bus au terminus Mairie-de-Montreuil. Authentique cauchemar de béton puant la pisse et fraîchement sorti de terre, ainsi que du cerveau dérangé d'un architecte crypto-stalinien, le bâtiment, gris et mal éclairé, présentait l'avantage indéniable d'offrir une splendide aire de jeu abritée des regards de la poulaille au loubard moyen en quête d'un sac à main, d'un blouson ou d'une paire de pompes neuves.

Nono était ensuite descendu sous terre, se laissant glisser à toute vibrure sur la rampe de l'escalator de la station de métro Mairie-de-Montreuil. Veillant toutefois à toujours maintenir un certain standing qui lui éviterait de passer pour le pauvre exploité partant bosser, il s'était goinfré le portillon toutes jambes en avant, s'en était grillé une petite sur le quai, puis, lorsque la rame était entrée dans la station, avait jeté son dévolu sur un wagon de première.

Le métro puait le métal chaud et la transpiration rance, et chaque virage déclenchait un concert de grincements de ferraille à vous faire sauter les dents. Station Croix-de-Chavaux, les portes s'ouvrirent brutalement, sortant Nono de sa torpeur. Il souleva une paupière : ils étaient trois, du plus grand au plus petit et tous sur leur trente et un.

« Pas de bol, se dit Nono, un petit de plus et ça aurait fait les Dalton Teddy Boys. »

Le plus grand des trois était un rouquin sec et noueux aux joues dévorées par l'acné qui portait un blouson trop petit pour ses bras interminables, et dont la banane, suintante de gomina, défiait toutes les lois de la pesanteur. Il remettait sans cesse en place la moindre mèche s'échappant de l'édifice d'un geste nerveux, tout en reniflant abondamment.

Il se dirigea vers Nono d'un pas décidé.

« Hé, ducon, t'as les pieds sur la banquette, non ? »

Nono, encore à demi assoupi, jeta un œil torve mais méfiant sur l'ahuri.

« S'tu veux, toi ? Voir mon ticket ? T'as pas une tête de contrôleur… » gargouilla-t-il.

Le grand jeta un œil en arrière, histoire de s'assurer que ses potes ne rataient rien de l'affaire. Les deux bananeux, sourires carnassiers et babines retroussées, ne le quittaient pas des yeux : le rouquin avait mis le coup de pression, restait à voir comment leur proie allait se démerder de l'embrouille.

D'un ton qu'il espérait sans appel, mais la voix malgré tout un peu hésitante au vu du peu de crainte qu'il lisait sur le visage fermé de son interlocuteur, il enchaîna :

« Elles sont neuves, tes tiags ?

— Ben on dirait, non ? Kess t'en penses, narvalo ? lâcha le potentiel dépouillé d'une voix morne.

— Ben moi j'dirais qu'elles sont bien neuves, et qu'en plus, ben elles sont genre à ma pointure, tu vois », enchaîna le rouquin sans se dégonfler.

C'était manifeste, la pression montait. Nono lâcha donc un soupir interminable, histoire de signifier un début d'agacement, puis se redressa en pivotant pour faire face à l'importun. Il posa ensuite ses deux pieds bottés au sol, épousseta un jean qui n'en demandait pas tant, se racla le fond de la gorge puis lâcha un glaviot aux proportions conséquentes aux pieds du lascar. Pour finir, il releva le nez et le dévisagea, les yeux mi-clos. Le grand rouquemoute avait perdu une bonne partie d'une assurance probablement un tantinet surjouée, mais pas question de perdre la face pour autant. Une fois de plus, il ramassa une mèche grasse et rebelle pour la réintégrer à la pompadour dont elle venait de s'échapper, une fois encore il renifla puis s'épongea le nez consciencieusement avec la manche de son blouson. Perplexe face au silence de sa victime, il ne savait plus sur quel pied danser. La rame de métro s'immobilisa sur le quai de la station Robespierre. Sur le quai, les deux trois pékins prétendant au voyage évitèrent soigneusement le wagon empli de délinquants juvéniles en devenir.

Nono attendit patiemment que le convoi se remette en marche puis, chiquant à la résignation, lâcha alors d'une voix blanche quasi inaudible :

« Vas-y, c'est bon. Vous êtes trois et chuis tout seul, j'peux rien faire, t'as qu'à les prendre, enculé, mais j'te jure que j'te nique ta mère la prochaine fois que j'te croise. »

Le Teddy Boy, tel le corbeau de la fable et tout à son triomphe, commit alors l'erreur de débutant que Nono attendait : oubliant de se méfier, il plongea visage en avant vers l'objet de sa convoitise, les bras ballants, sans défense. Nono prit alors un rapide appui des deux bras sur la banquette et balança un coup de pied sec et précis de la jambe droite. Malgré le peu de recul dont il disposait, il fit mouche, et avec suffisamment de puissance pour que la pointe carrée de la santiag éclate d'un coup sec le cartilage séparant les narines du grand gominé. Ce dernier poussa un hurlement qui emplit le wagon de métro, puis porta les deux mains à ce qui lui restait de nez pour tenter de freiner le sang qui en jaillissait à flots saccadés, recouvrant son blouson d'un rouge virant au noir au fur et à mesure de son absorption.

« Y m'a pété le nez, cet enculé m'a pété le nez ! Mon nez, putain, mon nez ! J'ai mal, sa mère, putain j'ai mal ! »

Il tituba tant bien que mal jusqu'à la porte et, les mains gluantes de sang, tira comme un forcené sur les poignées en métal, tentant d'ouvrir les portes au plus vite alors que le métro abordait la courbe de la station Robespierre. Ses deux potes, livides, se serraient l'un contre l'autre, interloqués, tels deux frères siamois grotesques habillés de cuir noir.

La rame finit par s'arrêter dans un grand bruit de ferraille, et les apprentis délinquants s'en extirpèrent à toute blinde.

Une fois les trois couillons disparus et après avoir soigneusement nettoyé sa santiag droite avec une page d'un *Parisien* tout ce qu'il y avait de *libéré* qui traînait là, Nono se laissa retomber avec nonchalance sur la banquette et balaya l'ensemble de la rame d'un regard crâne. Les quelques passagers présents semblaient porter un zèle tout particulier à n'avoir rien vu, rien entendu. Nez dans leur baveux ou visage collé à la vitre, ils continuaient avec une belle constance à faire semblant qu'il ne s'était rien passé, et y parvenaient d'ailleurs assez brillamment. Comme si ces quelques instants de violence pure s'étaient déjà évanouis.

Comme si tout ça n'avait jamais eu lieu.

« P'tain, heureusement qu'ils m'ont pas foutu en retard, ces narvalos... » grommela Nono à mi-voix.

C'est qu'il avait un rencard, aujourd'hui, et pas avec n'importe qui encore. Il retrouvait, du côté de la Nation, son pote Riton, qui venait tout juste de sortir de cabane. Et un mec qui sort de Fleury, ben tu le fais pas attendre, vu qu'il a fait que ça pendant un certain temps, lui. Attendre.

Tandis que les profondeurs du métro résonnaient encore des bruits de bottes des trois camarades d'infortune cavalant à n'en plus pouvoir, un peu plus haut, en surface, la vie continuait. La rue de Paris, qui reliait la Croix-de-Chavaux au boulevard périphérique, empestait le mouton froid et la graisse figée, vestiges et remugles d'un samedi où les rôtissoires des boucheries halal avaient tourné à plein régime, fourguant aux Kabyles séquano-dionysiens des têtes de mouton aux yeux morts en pagaille. Tout en bas, vers la Porte de Montreuil, c'était un vrai foutoir de camionnettes en tout genre. Tubes Citroën asthmatiques, vieilles Merco aux ailes cabossées par des manœuvres hasardeuses et aux rétros rafistolés à la va-vite : les puces remballaient, et les piles de cartons et de ballots mal fagotés passaient de main en main pour finir par aller s'écraser au fond des bahuts de fortune serrés les uns contre les autres. Les biffins voyaient venir l'orage au loin, là-bas, à Paris, et se hâtaient de mettre la marchandise à l'abri. Ça sentait la flotte. Il restait bien çà et là quelques groupes épars, des hommes principalement, farfouillant dans les tas de vêtements ou tripotant, l'air recueilli, qui une pompe de machine à laver, qui un Walkman éventré, mais le cœur n'y était plus, et, petit à petit, le terre-plein longeant le périphérique se vidait de son fouillis misérable pour retrouver son aspect de *no man's land* goudronné des jours de semaine. Un stand de cassettes de raï diffusait à plein volume un duo de chebs oranais dont on peinait à distinguer les voix tant elles étaient couvertes par un synthé gueulard et des percussions à plein volume. Aujourd'hui, les bleus n'étaient pas passés, et les clodos, zonards et autres fourgues de circonstance avaient pu s'installer tranquillement sur le pont surplombant le périphérique. Tenaces, ils avaient passé la journée à tenter d'alpaguer le chaland, histoire de lui refiler la came tombée du camion ou récupérée dans les poubelles d'un quartier rupin quelconque, là-bas, à Paris. Un carton éventré s'étalait sur le sol, reste d'un stand de bonneteau clandestin, et était méthodiquement piétiné par les badauds qui traçaient vers le métro Porte-de-Montreuil.

Un joli dimanche de printemps, en somme.

ROIS DU BITUME, PRINCES DE L'ASPHALTE, BARONS DU GOUDRON

« Putain, c'est pas possible, y a que des caisses de baltringues, dans ce bled… »

Jean-Claude, le nez au vent et les pans de son maximanteau en cuir marron glacé lui battant les chevilles, descendait la rue d'un bon pas tout en jetant, de temps à autre, un coup de périscope aux bagnoles garées le long des trottoirs. Parti du métro Mairie-de-Montreuil depuis un bon quart d'heure sous un soleil de fin de journée encore bien vivace, il s'était mis à suer comme un bœuf, et même les grandes rasades de Brut pour homme dont il s'était copieusement aspergé le matin ne parvenaient plus à masquer l'odeur de transpiration qui montait de ses aisselles. Du coup, il avait peu à peu déboutonné sa chemise, libérant ainsi la médaille de saint Christophe qui ballottait au milieu d'une forêt de poils blonds au rythme de ses pas. Le tableau général aurait pu s'intituler : *Loubard lambda en route vers les puces pour se payer une barquette de frites peinard.* Seulement voilà : Jean-Claude ne flânait pas. Il ne baguenaudait pas. Jean-Claude était à l'affût, en chasse. Il cherchait une bagnole. Parce que les bagnoles, c'était son truc. Plus encore que la conduite, d'ailleurs, domaine où, malgré un réel enthousiasme, il lui restait encore un peu de chemin à faire.

Il faut dire aussi que Jean-Claude étant homme de principes, il avait toujours en stock une foultitude de règles, de proverbes et de phrases définitives sur tel ou tel sujet qui lui permettaient de faire face aux aléas divers de l'existence. Sa culture était remplie du genre d'aphorismes figurant sur les assiettes ou sur les napperons au crochet suspendus derrière le comptoir des rades d'Auvergnat : « Crédit est mort pendu », « Ne frappez pas le patron, sa femme s'en charge », et autres joyaux de la sagesse bistrotière.

Ainsi, en matière de conduite automobile – et ce malgré une conception de la lutte des classes plutôt sommaire –, il était tout à fait le genre de mec capable de décréter, unilatéralement et du jour au lendemain, que la notion de priorité à droite c'était « un truc de bourges », et qu'en ce qui le concernait, il préférait, et de loin, l'idée de « priorité à sa gueule ». Précepte assez peu charpenté idéologiquement, mais ne manquant pas d'une certaine efficacité, et qu'il n'avait cessé d'appliquer avec une grande constance tant en matière de code de la route que dans des domaines plus divers, tout au long de sa courte existence. Il va sans dire qu'en termes de conduite automobile, son style s'en ressentait un peu. En même temps, vu que le permis il ne l'avait jamais passé et que, de toute façon, les bagnoles qu'il conduisait il les avait toutes chouravées, l'hypothèse de se ranger sur le bas-côté et d'attendre sagement que le condé lui passe les bracelets après qu'il eut mesuré l'étendue des dégâts paraissait peu probable.

Alors priorité à gauche ou à droite…

Tant en matière de femmes que d'automobiles, Jean-Claude avait des goûts assez affirmés. En haut de son palmarès mécanique personnel figurait, inévitablement, l'aspirateur à gonzesses ultime, la classe absolue : la DS. Avec un petit faible pour les premiers modèles de 19 à phares ronds et de préférence noires, seule couleur convenable si on ne voulait pas avoir l'air d'une grosse baltringue. Le seul souci, avec ce genre de caisse, était qu'elle ne passait guère inaperçue et qu'elle vous rangeait assez inévitablement, aux yeux du poulet lambda, dans deux catégories possibles. Numéro un : le bourge moyen, père de famille soigneux jusqu'à la maniaquerie ayant bichonné année après année son monstre à la peau de chamois, ne le sortant qu'un dimanche sur deux, histoire d'emmener maman en virée au bois de Vincennes. Numéro deux : le loubard standard qui en était devenu propriétaire dans des circonstances fatalement à la limite de la légalité, voire au-delà.

Vu la dégaine de Jean-Claude, il ne pouvait émarger que dans la deuxième catégorie.

Résultat des courses : il devait se rabattre la plupart du temps sur des caisses moins voyantes, et il n'était pas rare de le croiser dans les rues de Montreuil au volant d'une quelconque Renault milieu de gamme, voire même, les mauvais jours, enfoncé dans le siège fatigué d'une 4L ou d'une R5 au bord du dépôt de bilan.

À vrai dire, et hormis les jours de veine, Jean-Claude roulait dans ce qu'il trouvait.

La loi du marché, en somme.

Il en allait toutefois tout autrement en matière d'élégance vestimentaire, où là, et malgré des revenus pour le moins fluctuants, il ne se laissait jamais dicter ses choix par les aléas de l'existence.

Il portait ainsi, ce jour-là, un pantalon en tergal d'un gris indéfinissable et maculé de taches aux obscures origines qui lui moulait le paquet à l'en faire exploser. Plus bas, juste en dessous des genoux, les jambes du futal s'évasaient consciencieusement jusqu'à former une paire de pattes d'ef du plus bel effet, puis finissaient leur course, cassant légèrement juste avant l'ourlet, sur une paire de boots vernies d'un marron glacé remarquablement assorti à son maximanteau de cuir souple.

À talons, les boots.

Mais petits, les talons.

Pour parachever le tableau, Jean-Claude avait, comme tous les jours, enfilé à même la peau sa chemise favorite en nylon noir « façon satin » au col surdimensionné. Savamment déboutonnée, cette dernière mettait naturellement en valeur le saint Christophe et l'abondante pilosité thoracique mentionnés précédemment. L'ensemble, poils et chemise, avait été copieusement arrosé le matin même de grandes rasades d'un flacon d'eau de toilette « pour nous les hommes » qu'il avait choucraté au Mammouth de la mairie de Montreuil quelques jours auparavant.

D'une taille imposante, il incarnait donc le loubard typique avec une certaine majesté, évitant le clinquant, l'ostentatoire. Pas question de se déguiser en rocker de foire du Trône ou, pire encore, en Teddy Boy avec panoplie de circonstance achetée toute neuve chez l'Indien, aux puces de Saint-Ouen, avec les sous de maman. Lui, son truc, c'était plutôt Delon dans *Le Gitan* que cette tapette de Hallyday. Grand et efflanqué, il avait un visage émacié au rasage approximatif encadré par une paire de rouflaquettes fournies et était coiffé de cheveux lissés au glaviot, qui ondulaient et cascadaient jusque sur le col de sa chemise. Les fringues, quant à elles, se devaient de restituer l'authenticité du lascar, du mec qui a vécu, qui en a vu. Son maximum de fantaisie consistait en une méchante chevalière tête de mort, avec deux rubis en toc pour les yeux, qu'il portait, comme il se doit, à l'annulaire droit. La grosse bagouze en imposait aux apprentis apaches et rendait bien service lorsqu'il s'agissait d'allonger une mandale suffisamment vicieuse pour mettre un point final à une négociation trop complexe.

Histoire de parachever le portrait du bonhomme, restait la philosophie. Pour l'essentiel, elle lui avait été transmise par son père à grands coups de ceinturon et reposait sur un postulat assez simple : dans la vie, y a les enculeurs et les enculés. Point barre. La problématique principale étant donc de choisir son camp. Et ce par tous les moyens disponibles et en toutes circonstances. Jean-Claude travaillait donc du mieux qu'il pouvait à appliquer le précepte paternel, même s'il n'était pas toujours sûr d'y parvenir pleinement. En termes de métaphysique, il y avait cependant une chose dont il était aujourd'hui convaincu, une évidence qui s'était imposée à lui une des nombreuses fois où il remontait son pantalon après la tannée paternelle à vocation éducative, titubant en ravalant péniblement sa rage, sa morve et sa douleur : son père, lui, était un bel enculé.

La mère de Jean-Claude, une jolie femme aux yeux définitivement secs d'avoir écoulé tout le stock de larmes disponible, savait ça depuis belle lurette.

Mais ce dimanche-là, pour Jean-Claude, l'heure n'était pas aux considérations métaphysico-familiales : il avait rencard pour affaires dans moins d'une demi-heure dans un petit troquet du côté de la place de la Nation, et il était urgent qu'il se dégotte un moyen de locomotion à la hauteur de ses prétentions. Laissant la Croix-de-Chavaux derrière lui, il abandonna aussi sans regret l'avenue de Paris et enquilla une petite rue perpendiculaire qu'il savait bordée d'arbres, plus propice à l'exercice de ses coupables activités. Sous les marronniers, tout était calme. Une lueur crépusculaire commençait doucement à atténuer les contours des formes des bancs alignés sous les arbres, et l'on distinguait, çà et là, quelques fenêtres seulement éclairées par la lumière glauque et grise des télévisions allumées. Ça sentait la fin de dimanche, le printemps s'annonçait en douceur. La France était sur le point de changer de président.

Par contre, en termes de choix de caisse, on était loin du Salon de l'auto, et entre une vieille Citron en cours de désossage et quelques représentantes fatiguées de la régie Renault, l'enfilade de bagnoles bordant le trottoir n'offrait rien de bien folichon. Il privilégia donc la facilité à l'élégance, jetant son dévolu sur une 4L, qui, pour être quasiment sur les jantes, présentait néanmoins le réel mérite de s'ouvrir comme une boîte de conserve si on attaquait de manière un peu sérieuse le haut de la portière conducteur. Il suffisait ensuite d'enchaîner par un bon coup de latte sous le volant, moins d'une minute pour mettre le contact et l'affaire était faite. Coup de bol, la chiotte avait même un autoradio-cassette bien pourri, et, deuxième coup de bol, les baffles épuisés encastrés dans les portières crachèrent directement le riff d'intro de « Johnny B. Goode », version Chuck Berry, quand Jean-Claude alluma la radio.

Il farfouilla dans la poche de sa limace, extirpa un paquet de gauloises fripé, sortit une clope qu'il se cala dans le bec et alluma avec son Zippo fatigué. Il enquilla la première sèchement et réussit même à faire crisser les pneus de l'antiquité pour se décoller de la place de parking. Un coup de volant à gauche, un autre à droite, et il s'engagea sur l'avenue de Paris. Laissant les puces derrière lui, il passa au-dessus du périphérique, quittant Montreuil pour se diriger vers la place de la Nation.

Sur le pare-brise arrière de sa caisse de baba, un autocollant jaune bouffé aux mites et décoré d'un soleil souriant proclamait fièrement en allemand : *Atomkraft? Nein, danke.* Jean-Claude s'en foutait bien : les langues, ça n'avait jamais été son truc à l'école. D'ailleurs, et plus globalement, l'école, ça n'avait jamais été vraiment son truc.

Alors l'écologie…

ICI MIEUX QU'EN FACE

« Ch'peux ravoir la même, siou'plaît ? »

Joignant le geste à la parole, l'index avait survolé de manière circulaire le verre vide estampillé Ricard posé sur le zinc, puis Riton s'était allumé une gitane au mégot de la précédente. Ses mains tremblaient un peu.

« Faudra penser à me régler ceux d'avant aussi, hein ! avait maugréé le patron avant de déposer un nouveau ballon jaune pâle devant le petit barlou au regard triste.

— Z'inquiétez pas. »

Il avait tapoté sur sa poche de poitrine, manière de signifier qu'il avait de quoi.

Le 102, addition de deux pastis 51 dans un même verre, c'était à Fleury que Riton en avait découvert l'existence. Là-bas, il avait partagé pour quelque temps une cellule avec deux autres types : un grand rebeu taciturne aux yeux bleus, avec une telle tête d'assassin que personne ne se risquait à venir lui chercher le pet, et un petit Auvergnat rondouillard et moustachu, bistrotier dans le civil, qui avait eu la malencontreuse idée un soir de régler un différend entre consommateurs à grands coups de nerf de bœuf. Manque de bol, un des deux poivrots avait fini dans le coma suite aux coups de goumi et y était encore aux dernières nouvelles. Du coup, le limonadier ayant déjà quelques antécédents à base de salade de phalanges, lui c'est à Fleury qu'il avait été mis au frais, et pour un moment encore. Comprenant bien vite qu'il ne tirerait rien du grand muet, Riton s'était rabattu sur le petit moustachu, qui se révéla assez vite un compagnon de placard plutôt plaisant même si un peu radoteur. Aimé, c'était son prénom.

« Charbonnier Aimé, bistro, aimait-il à se présenter. T'avoueras qu'pour un Auvergnat, s'appeler Charbonnier, y a pas mieux », rajoutait-il chaque fois en ricanant après vous en avoir secoué cinq vigoureusement.

Au vu de sa trombine parsemée de vaisseaux éclatés et d'un pif en forme de patate germée, Riton avait tout de suite compris qu'en matière de vins et charbons, l'Auvergnat s'était plutôt spécialisé dans la première catégorie. Il n'empêche, le mastroquet était plutôt bon gars, et, par-dessus tout, il faisait preuve d'une expertise en matière d'intitulés de boissons alcoolisées qui suscitait l'admiration de ses contemporains. Du tango à la mauresque en passant par la mominette ou le perniflard, Aimé les connaissait tous. Il les avait glanés au fur et à mesure de ses années passées les pieds dans la sciure, planté derrière un comptoir à écouter les poivrots appliquant le principe des vases communicants, à savoir se vider de leurs états d'âme à mesure qu'ils s'emplissaient de liquides divers. Il y avait les classiques, le communard, le perroquet, le blanc cass, le blanc limé, mais aussi les plus rares, les moins courants : le lait de tigre, le casse-poitrine, la marie-salope. La liste paraissait interminable et tricotait un genre de petit poème plein de bruit de vaisselle, d'odeurs de tabac froid et d'alcool éventé, qui résonnait agréablement aux oreilles du jeune détenu. Quand il écoutait le mastroquet déblatérer sur son métier, l'esprit de Riton se mettait à vagabonder tout en douceur, et il avait l'impression qu'il poussait la porte du PMU de la Porte de Montreuil.

Et ça, ça sentait quand même salement la liberté.

D'autant qu'en matière d'us et coutumes bistrotiers, Riton, lui aussi, avait des lettres. Affaire d'hérédité, sans aucun doute. Plutôt amateur à ses débuts, son daron, kabyle de son état, s'était en effet très vite imposé dans le quartier du Bel-Air, dans le haut Montreuil, comme poivrot professionnel, remettant son titre en jeu avec une belle constance chaque vendredi au trocson du coin, avant de rentrer coller une danse à maman puis de la consoler avec une pauvre partie de jambes en l'air à la va-vite. Malgré la piètre qualité de la performance, les lois de la nature étant ce qu'elles sont, la fratrie s'agrandissait donc avec une régularité impressionnante. À tel point que, juste après sa neuvième et toute dernière grossesse, l'obstétricien de l'hôpital intercommunal avait même proposé une ligature des trompes à la mère de Riton, inquiet qu'il était des conséquences sur sa santé de la prochaine séance de réconciliation hebdomadaire. Du coup, l'Auvergnat et ses souvenirs de trocson, c'était un peu comme une virée en famille. Une pauvre promesse d'oubli des quatre murs, de la crasse, du bruit, des hurlements incessants des autres taulards, la nuit, de la bouffe infecte, de l'ennui, et de la violence toujours prête à surgir au hasard d'une promenade ou d'une séance de douche.

C'était son premier séjour en prison. Jusque-là, il avait toujours réussi à passer entre les gouttes malgré un CV de jeune délinquant déjà très prometteur.

Mineur, il avait collectionné les visites au juge pour enfants. D'abord en forme d'admonestations, les sermons du représentant de la société civile s'étaient vite transformés en menaces de placement, voire de renvoi devant le tribunal. Mais Riton avait, à chaque fois, déployé des trésors de conviction pour assurer que c'était une erreur, que de mauvaises fréquentations l'avaient embarqué malgré lui dans cette affaire, et que, si on lui donnait enfin sa chance, il ne recommencerait jamais pareille bêtise. Pâle comme un cacheton et coiffé d'un toupet d'un blond si blanc qu'il sentait presque le chlore, maigrelet et avec des étiquettes défiant les lois des proportions, il y avait chez Riton lorsqu'il n'était encore qu'adolescent des allures de poussin crasseux, de gamin paumé, de petit blond mal nourri et secoué de tics, qui donnaient envie de l'aider, de le protéger. Il n'avait d'ailleurs pas manqué d'en user et d'en abuser lorsque, un peu plus tard, il avait mesuré l'effet produit sur les dames un peu plus âgées qui constituaient l'ordinaire de sa vie sexuelle. Difficile de savoir si le juge canait d'épuisement ou s'il tentait désespérément de dégotter une once d'honnêteté dans les propos que le gamin, blafard et campé sur ses guibolles de serin, lui balançait à la cadence d'une rafale d'arme automatique. Quoi qu'il en soit, il finissait toujours par laisser filer un Riton faisant de son mieux pour retenir un sourire carnassier, qu'il réservait aux potes l'attendant au pied du bâtiment administratif.

Sauf que ce coup-là, peau de balle, il ne s'était trouvé personne pour lui arranger les bidons : il était majeur depuis un an déjà, fini la rigolade. Cette fois-ci, c'était la taule, la vraie, celle qui fait peur.

Six mois de cabane qu'il avait pris. Difficile de crier à l'injustice tant l'affaire était mal embouchée : il s'était fait sauter par les bleus à la maison au petit matin blême, après qu'ils eurent retrouvé sa carte d'identité malencontreusement oubliée à l'arrière d'une camionnette louée à son nom pour mener à bien le dépouillage en règle d'un pavillon de toubib du côté de la Croix-de-Chavaux. La seule difficulté rencontrée par les condés avait été de lui passer les pinces, Riton tatanant et savatant de désespoir pour repousser le plus loin possible tant les représentants de l'ordre qu'un enfermement qui le terrifiait depuis toujours. Une fois cravaté, la suite n'avait été qu'une longue succession de couloirs, de bureaux et de verrous jusqu'à la porte du centre de détention, un jour gris de novembre. Ayant croisé l'adversité un nombre incalculable de fois le long des trottoirs de Montreuil, Riton avait développé une capacité de résistance hors du commun aux paquets de merde et, malgré la trouille qui lui bouffait les entrailles, avait alors fait comme toujours, un bon coup de manche sous le tarbouif histoire de moucher la chandelle, et on baisse les yeux en rentrant la tête dans les épaules.

Prêt à tout.

Peur de rien.

Il avait fait son temps comme un grand, évitant au mieux le plus gros des emmerdes et glanant de-ci de-là quelques rudiments essentiels à la survie du voyou moyen à l'hôtel des gros verrous, tels que le tatouage à la semelle de godasse ou les règles d'un cantinage bien géré. Ce dernier assurant, entre autres, l'indispensable quantité quotidienne de nicotine. Les jours et les nuits s'étaient alignés à un rythme régulier, et puis, un beau matin, il s'était retrouvé sur le trottoir, frigorifié malgré un grand soleil de fin avril. Toujours aussi blond, toujours aussi blafard, mais un peu moins tendre, un peu moins rigolard qu'avant.

Il avait fait sa peine, mais c'était comme si elle ne voulait pas le quitter complètement.

C'était sans doute la seule chose que la prison avait changée en lui, d'ailleurs, parce que, pour le reste, il avait retrouvé sa vie d'avant, tout comme sa paire de bottes, avachie dans un coin de sa petite piaule, en haut du boulevard Aristide-Briand, pareille à ce qu'elle avait toujours été avec juste la couche de poussière accumulée au fil des jours passés sous les verrous.

Ça ne faisait que quelques semaines, mais pourtant tout ça lui paraissait loin derrière. D'autant que s'il traînait au rade en alignant les pastagas en ce dimanche de début mai, c'est qu'il attendait ses deux potes et qu'aujourd'hui était un grand jour. Aujourd'hui ils allaient enfin se payer la chiotte de leurs rêves, la caisse la plus classe du monde, la bagnole des *Borsalino*, des bandits à l'ancienne, des cadors en costard, des caïds : une Traction Avant. Et une 15-6, encore.

Une qui arrache la gomme.

Une qui attire les gonzesses comme le miel les mouches.

C'était un ferrailleur pote avec son daron qui l'avait fait remonter de Marseille, avant de la remettre à neuf sans trop savoir à quel couillon il réussirait à la fourguer. Noire qu'elle était, avec sièges en cuir gris perle. Il avait même posé un autoradio presque neuf. Les trois potes ayant eu vent de l'affaire avaient foncé chez le casseur pour lui déposer une avance, mélange de restes d'Assedic et de menus délestages pratiqués dans le quartier, et lui avaient fait promettre de garder la bagnole, s'engageant à lui remettre le reste du pognon sous quinzaine.

Riton avait eu Jean-Claude et Nono au bigo quelques heures plus tôt, et ils étaient tous trois convenus d'un rencard dans ce troquet de la rue d'Avron, histoire de plutôt compter leur artiche à Paname, loin de Montreuil et des convoitises éventuelles. Il s'agirait ensuite de remonter ensemble aux Grands-Pêchers, lieu de résidence de Marcel, le casseur en question, afin de prendre livraison du véhicule.

Au-dessus du percolateur, une vieille télé ronronnait doucement, troublant à peine la douce rumeur des conversations bistrotières. D'un seul coup, ces dernières s'arrêtèrent : Riton leva le nez de son verre juste au moment où le blaireau en costard, qui occupait l'écran jusque-là, s'effaça pour laisser place à une silhouette de visage ornée d'un point d'interrogation tout en entamant un compte à rebours d'une voix forte.

« C'est quoi, ce boxon ? murmura-t-il, perplexe. Ah mais ouais, putain ! Les élections. Ça y est, ils vont enfin savoir qui va les niquer pendant sept ans, ces baltringues. »

Il eut juste le temps d'écraser son mégot dans le cendrier qui traînait sur le comptoir avant d'entendre le présentateur annoncer d'un ton qui se voulait le plus solennel possible que, ça y était, François Mitterrand était le nouveau président de la République française. Au même moment, la porte du rade s'ouvrit en grand, laissant entrer une pauvre bouffée d'air frais ainsi que Jean-Claude et Nono, bras dessus, bras dessous et toutes santiags en avant. Dire que l'événement historique suscita embrassades, cris de joie, voire liesse populaire au fond du troquet serait très exagéré. Un grand mec accroché au comptoir, vérolé de frais et à l'haleine plus chargée qu'un commis de chez Nicolas, entrouvrit à peine les dents pour grincer :

« Ben maintenant, il va avoir tout le temps qu'il faut pour se les enfiler un par un dans le fion ses diamants, l'autre enculé de chauve. »

Et la messe républicaine fut dite.

LA FOIRE À LA FERRAILLE (ET AUX JAMBONS)

« Bon, c'est pas le tout, les gars, mais faudrait p't'être qu'on se nachave, non ? Ça fait une plombe qu'on est là, on va finir par s'mettre à la bourre, et le Marcel, c'est pas vraiment le genre patient… »

Histoire de ponctuer l'invitation, Riton s'était levé d'un coup, traversant le nuage de fumée flottant au-dessus de la table.

« Ça roule. »

Jean-Claude avait torché le fond de son demi, s'était essuyé du revers de la manche et avait ramassé son paquet de gauloises presque vide. Faudrait penser à en racheter…

Quand Riton jactait, la plupart du temps Nono se taisait et Jean-Claude obtempérait. Personne ne savait très bien pourquoi, d'ailleurs.

C'était comme ça.

Les pieds nickelés avaient enquillé moult tournées et rempli les cendars jusqu'à la ligne de flottaison, histoire de se préparer pour leur rencard à venir, mais maintenant il était temps. Temps de lever le camp pour filer vers les hauteurs montreuilloises, la ferraille, et surtout la suspension hydropneumatique brevetée Citroën. Ils claquèrent donc la porte du rade de la rue d'Avron et enquillèrent cette dernière jusqu'au métro Buzenval. La nuit tombait doucement, il faisait doux et on croisait, çà et là, des groupes de gens en route pour la Bastille, riant et embrassant leurs voisins histoire de fêter le retour de la gauche au pouvoir. Inutile de préciser que les pauvres tentatives de fraternisation avec Nono, Jean-Claude et Riton se soldèrent inévitablement par de copieuses bordées d'insultes, l'option « tarte dans ta petite gueule de tafiole » étant même un moment envisagée. Le portillon fut prestement sauté et on embarqua à tout berzingue dans la rame encore à quai. Direction : Mairie-de-Montreuil. Retour au bled.

Au fur et à mesure qu'il avançait vers la banlieue, le flot de citoyens enthousiastes se raréfiait, donnant l'impression que les trois barlous remontaient le courant de l'histoire en marche pour aller se planquer dans leurs hauteurs. Arrivés au terminus du métro, ils enchaînèrent par le 121, un bus qui longeait le cimetière de Montreuil. Santiags enfoncées dans les fauteuils qui leur faisaient face, clope au bec, peinards, en somme. Personne ne s'étant même posé la question de savoir si on fumait ou pas, dans ce vieux Saviem aux banquettes orange épuisées par des générations de culs montreuillois. Il faut dire que le conducteur étant tout seul et eux trois, tout débat sur le sujet paraissait superflu.

« Hé, tu crois qu'elle aura des antibrouillards, hein ? Genre des petits phares devant avec des scotchs dessus, tu vois ? Ce serait carrément michto, style rallye, tu vois. Tu vois ? »

Nono avait brisé le silence, frottant une botte contre l'autre et ne s'adressant à personne en particulier. Il sautillait frénétiquement sur place au fond du bus et avait tout du gosse qui va recevoir son premier vélo.

« Nan mais, franchement, ça serait trop mortel. Des phares, tu vois, mais un max, hein ? Tu vois ? Quand j'étais môme, j'avais une p'tite Austin rouge qu'en avait plein à l'avant, des phares », continua-t-il sur sa lancée, arrosant généreusement les alentours de postillons.

Les deux autres regardaient dans le vide le triste paysage urbain qui défilait. Dehors, la pénombre recouvrait peu à peu les hauteurs de Montreuil, on approchait des cités du Bel-Air et des murs à pêches. L'air était doux.

« Non mais sérieux, sans déconner, t'es vraiment trop un gros con, toi. C'est une caisse de cador, ça, pas une tire de manouche, hein. C'est quoi tes histoires de phares partout, là ? Des antibrouillards sur une Traction ! Et pourquoi pas des autocollants pendant qu't'y es !... T'es vraiment qu'une grosse baltringue », le sécha Jean-Claude d'un ton ne souffrant guère la réplique.

Nono remballa son enthousiasme et, renfrogné, colla son front contre la vitre du bus, les yeux dans le vague. La polémique en resta là. L'arrêt Saint-Antoine s'annonçait, ils s'arrachèrent de leurs banquettes tout en souplesse puis clopinèrent sur leurs talons biseautés jusqu'à la porte à soufflets du bus. Cette dernière se referma derrière eux dans un long soupir fatigué, et ils se retrouvèrent rue de Rosny. Un peu plus haut, il y avait la rue Saint-Antoine, leur destination finale.

Difficile d'imaginer pire hommage à un prêtre franciscain que ce bout de goudron défoncé baptisé rue et traversant de part en part ce qui restait des vergers du haut Montreuil. Autrefois célèbres pour avoir fourni les cours royales d'Europe en pêches goûtues et réputées, les murs de pierres bordant cette ruelle dissimulaient maintenant à la vue du pékin de passage un ramassis de constructions plus ou moins pérennes, du pavillon le plus foutraque à la caravane déposée sur parpaings en passant par le mobile home à mobilité très réduite. Y vivait un peuple étrange, mélange de Gitans semi-sédentarisés, de ferrailleurs à la redresse, de familles de petits Blancs échouées là pour échapper aux services sociaux, de zonards improbables à l'état civil effacé des registres, de fugueurs, de fourgues, de petites, moyennes et grandes frappes, de camés, de chtarbés, de tout-pétés, de totalement largués et encore de poivrots, picolos et autres imbibés.

Le trio s'engagea dans le coupe-gorge, dépassant les premiers pavillons, hésita un tantinet puis finit par franchir une lourde porte peinte en vert wagon et toute mangée de rouille. Derrière s'étendait ce qui tenait tout à la fois du terrain vague, du garage clandestin et de la caverne d'Ali Baba pour amateur d'épaves automobiles. Il y avait de tout et dans tous les états : de la petite chiotte de loubard façon R8 Gordini à bandes quasi neuve, jusqu'au break familial défoncé récupéré auprès d'un dépanneur complaisant après un vilain carton sur l'autoroute des vacances. Les bagnoles s'entassaient à la va-comme-je-te-pousse, la plupart désossées ou en cours de démontage, et on avait bien du mal à distinguer les flaques d'huile des flaques d'eau.

Un clébard borgne aux aboiements rauques tirait comme un dément sur une longue chaîne enchâssée dans le mur d'un préfabriqué de chantier, faisant de son mieux pour se rapprocher des trois lascars, histoire de leur manifester son affection.

« Tiens, mais ce s'rait pas mes p'tites pédales, ça, des fois ! Ça va, les chbebs, z'avez trouvé facilement ? » La voix, tout à la fois grave et éraillée, fit vibrer les parois de l'Algeco, puis la porte s'ouvrit brutalement. Dans l'encadrement se tenait le maître des lieux, un petit homme au visage encadré par des rouflaquettes fournies, court sur pattes et le visage fendu d'un sourire mauvais. Le ferrailleur était vêtu d'un pantalon de survêtement d'une couleur indéfinissable, d'une paire de godasses de chantier épuisée et d'une chemise maculée de taches de gras de toute nature, dont les boutons parvenaient à peine à empêcher son ventre de donner toute sa mesure. Il fit trois pas en direction du chien qui s'étranglait maintenant de rage.

« Et toi, tu vas la fermer ta gueule, s'pèce de vérole ? Hein, dis... Tu vois pas qu'j'ai du monde, là ? »

Il balança un méchant coup de pied au vieux

clébard, qui s'étrangla de plus belle avec sa chaîne, puis, repoussant de l'index le feutre gris qui lui tenait lieu de couvre-chef, se tourna vers les visiteurs, l'œil torve.

« Salut, Marcel, lâcha Riton, Jean-Claude et Nono gardant un silence prudent.

— Salut, les gars, grommela le ferrailleur, faisez pas attention au chien, il est plus con que méchant, c'est tout l'inverse de moi. Alors, on la joue comment ? On s'en jette un p'tit vite fait et puis on fait affaire ?

— Ben, c'est pas pour dire, Marcel, mais on préférerait pas trop traîner, si ça t'va. On s'disait qu'on irait plutôt se faire une petite virée après, histoire de fêter ça, et du coup qu'on s'économiserait un peu niveau picole, lui répondit le loubard.

— Ah ouais, ouais, ouais, les gars, sauf que, chez moi, on fait pas du bizness comme des salauds, hein… Chuis pas concessionnaire su'l'boulevard, moi. On se pointe pas chez Marcel avec ses biftons juste histoire d'acheter et de s'arracher : faut un peu de plaisir avec, un peu de classe. Et pis c'est pas comme si vous achetiez une caisse de pue-la-sueur non plus, hein. C'est une Traction quand même, une voiture d'homme ! Et des tires comme ça, ben ça se baptise avant ET après. »

L'offre présentant toutes les caractéristiques de celles qu'on peut difficilement se permettre de refuser, cette fois-ci ce fut Nono qui acquiesça mollement après un rapide échange de regards avec ses potes.

« Ben, c'est comme tu veux, Marcel », lâcha-t-il d'une voix morne.

Marcel, satisfait, se retourna vers la cabane et gueula :

« Nadiiiiiiiine, sors le jaune et des verres. Et magne, y fait soif ! »

Émergea alors de la cahute le pendant féminin du taulier : une grande brune baraquée, qui avait dû être belle dans ses jeunes années mais présentait maintenant les divers stigmates d'une vie de misère et de picole. Elle tenait, noyés au creux d'une de ses gigantesques paluches, quatre verres de cantine crasseux et avait calé sous un bras ballottant une bouteille de Ricard assortie à sa robe d'un jaune crasseux et déjà bien entamée. Elle jeta un regard morne aux quatre futurs alcoolisés et déposa le tout sur une table de camping branlante encadrée de trois chaises à peu près dans le même état.

« Tu ramasseras tes merdes quand vous aurez fini, hein ! » se borna-t-elle à lâcher d'un ton éteint avant de se retourner et de s'éloigner d'un pas lent, évitant du mieux qu'elle pouvait les nombreuses mares d'huile et obstacles de toute sorte qui constellaient le sol raviné.

L'apéritif fut convivial mais bref, au grand soulagement des trois acheteurs, impatients qu'ils étaient d'enfin caler leur cul derrière le volant de leur caisse de cadors. Il fut vaguement question de politique nationale et des pratiques sodomites de ses principaux représentants, de la nouvelle génération de voyous qui ne respectait plus les anciens ainsi que de la tradition qui se perdait et de ces gonzesses qui se sapaient comme des mecs et s'épilaient même plus les cannes, qu'on aurait dit des guenons.

Une conversation d'hommes, en somme.

Après avoir épongé son troisième pastis, Marcel conclut la causerie d'un claquement de langue satisfait puis invita ses convives à le suivre au salon, histoire de causer affaires. Ils pénétrèrent à la queue leu leu dans ce qui tenait tout à la fois du bunker post-attaque nucléaire et de l'antre d'un brocanteur dément. Les murs du bouclard, jaune nicotine, soutenaient à grand-peine un plafond suintant l'humidité. Au centre de ce dernier, une ampoule jaune orangé pendouillant au bout de son fil de tissu dessinait les contours d'un paradis du fourgue de quartier. Empilés en déséquilibre on trouvait, pêle-mêle, une pile de magnétoscopes dans leurs emballages d'origine, un monceau d'autoradios fraîchement arrachés, quelques friteuses avec (ou sans) verrou antiodeur, un assortiment de couteaux à découper avec manche imitation pattes de cerf, deux ou trois fers à repasser quasi neufs, un lot de dix miniatures représentant des poulbots joliment encadrés de dorures chantournées, un grand nombre de cartons remplis de cartouches de cigarettes, et un non moins grand nombre de cartons remplis de cartouches de calibre 12. Le rayon culture et divertissement n'était pas en reste, puisqu'on pouvait aussi se procurer chez Marcel le poste de télévision de ses rêves, et même, histoire de se garantir une bonne soirée, passer un peu de temps à se choisir une ou deux cassettes parmi les nombreux pornos nordiques aux jaquettes aguichantes et très colorées empilés en équilibre instable sur des étagères branlantes.

Quant à la pièce de résistance, elle avait sans aucun doute sa place au rayon sports de plein air, puisqu'elle consistait en un énorme moteur hors-bord Yamaha dont on se demandait bien ce qu'il foutait là, vu la distance avec le premier plan d'eau digne de ce nom dans le secteur.

Dans un coin de la piaule, un canapé défoncé abritait deux gamins aux âges indéfinis et aux yeux bleu délavé rivés à une télé à l'image tremblotante. Au-dessus du poste, une carabine 22 long rifle était sagement posée dans un râtelier orné de deux pattes de chevreuil. Les deux mômes, cheveux blonds taillés à la serpette et oreilles décollées, ne perdaient pas une miette, malgré de régulières et profondes excavations nasales, du pilonnage méthodique que faisait subir un blond bodybuildé à une Farah Fawcett fatiguée mais tout aussi décolorée et tout aussi musclée. Ken et sa Barbie lubrique ahanant à qui mieux mieux et ponctuant l'ensemble des opérations de « Oh oui, c'est bon, mets-la-moi toute », et autres « Tu aimes ça, ma salope ! ».

« J'leur ai mis un film histoire qu'on soye peinards », commenta sobrement Marcel en se dirigeant vers un buffet de formica en traînant les lattes.

Il sortit d'un tiroir un jeu de clés et une liasse de papiers jaunis enserrée dans un étui en plastique.

« V'la les clés et les fafiots du monstre. Vous avez les lovés ?

— Ah ben obligé, hein. On est pas des baltringues. »

Non content d'être l'aîné, Riton avait aussi fait de la prison, c'était donc en toute confiance que les deux autres lui avaient remis le pognon. Il glissa deux doigts entre la toile de son jean serré et son calbute, et en extirpa péniblement un portefeuille extra-fin imitation croco retenu par une chaîne. Méthodiquement, il en sortit les biftons qu'il posa sur la table, l'un après l'autre, comme un écolier se résignant à vider sa tirelire pour se payer le modèle réduit de ses rêves et vérifiant une dernière fois que le compte est bon.

C'était tout juste s'il ne tirait pas un bout de langue, histoire de vraiment s'appliquer.

« Et cinq cents qui font dix mille », ponctua-t-il d'un air mariole en lâchant le dernier Pascal.

Durant le décompte, Marcel semblait somnoler, mais ses yeux, jusque-là mi-clos, s'ouvrirent en grand et il dévisagea Riton fixement. Pas de sourire cette fois-ci, juste un petit coin de lèvre retroussé, manière de signifier qu'on en avait fini avec les politesses et les élégances, qu'on rentrait enfin dans le dur du sujet.

« Ouais, dix mille. » Il frotta doucement un menton recouvert d'une barbe irrégulière, dont le contenu aurait pu nourrir assez largement le clébard qui continuait à s'époumoner à l'arrière-plan. « Mais le truc, tu vois, gadjo, c'est qu'j'ai eu des frais sur cette affaire, moi. Des tires comme ça, c'est compliqué à remettre en route, pis une carte grise aussi propre, ben t'en trouveras pas tous les jours. Du coup, dix mille, ben ça va pas être assez, va m'falloir comme qui dirait une petite rallonge, hein. »

Riton chercha dans le regard de ses associés le courage nécessaire, mais ne rencontra qu'yeux baissés et mines contrites. Il se racla la gorge et attaqua d'une voix mal assurée :

« Mais, Marcel, on avait dit dix, c'était ta parole d'homme, tu te souviens, hein ?…

— De quoi, ma parole d'homme ?! De quoi ?! Kess t'as dit, l'narvalo ? J'ai pas rêvé, hein ? Tu m'as traité de menteur, là ! J'ai pas rêvé ? À moi tu me dis que j'ai pas de parole ? À moi ? Dans ma maison ? La tête de ma mère, jamais, t'entends, jamais on m'a traité de menteur dans ma maison. »

En négociateur roué, Marcel ponctuait ses questions de vigoureux et belliqueux mouvements de menton accompagnés de raclements de gorge pituiteux. Effet garanti sur les loubards qui, ne sachant plus sur quel pied danser, balançaient entre la profonde déception de voir leur rêve leur échapper et la rage sourde engendrée par le méthodique enfilage à sec que Marcel leur administrait sans sourciller.

« Nan, mais t'énerve pas, Marcel. On veut pas te manquer de respect, c'est juste que…

— Mais d'où tu me parles de respect, raclo ?

hurla Marcel, la trogne rouge et congestionnée. Tu me traites de menteur et tu me parles de respect ? Kess t'en sais, du respect, p'tite tarlouse ? Mais c'est quoi votre problème, à vous les jeunes ? Tiens, vous m'faites tellement chier la bite que j'vais la refourguer à quelqu'un d'autre, cette chiotte, quelqu'un qui sait la valeur des choses, quelqu'un qui parle pas mal aux anciens, qu'a du respect.

— Fais pas ça, Marcel, c'est pas ça qu'on voulait dire : c'est juste que, si tu permets, faudrait qu'on se cause tous les trois rapport au prix, histoire de décider. Et pis faudrait aussi que tu nous dises de combien qu'elle serait la p'tite rallonge, comme ça, ben on aurait toutes les informations et on pourrait décider. »

L'œil de Marcel s'alluma, mais il fit mine de se draper dans sa superbe – l'homme pratiquant l'arsouillerie tous azimuts depuis qu'il était en âge de parler savait cacher sa joie à l'approche de la victoire. Il plongea son regard vers ses godasses plantées dans la boue et renifla d'un coup sec.

« Vous faisez bien comme vous voulez, juste, faudrait voir à vous magner le train vu que j'ai quand même pas que ça à foutre non plus. Mettez-moi deux Pascal en plus et ça fera la rue Michel. »

Et ce fut donc un trio allégé de quelques talbins supplémentaires – Marcel s'étant montré, somme toute, plutôt magnanime – qui quitta la rue Saint-Antoine sans demander son reste et tous phares allumés, faisant gicler de grandes gerbes d'eau croupie et tirant comme des bêtes sur la suspension de la vénérable 15 CV, histoire de voir ce que « cette pute avait dans le bide », *dixit* Jean-Claude. Les deux autres l'avaient immédiatement bombardé chauffeur, du fait de son expérience incontestable en matière d'arrachage et de pilotage de caisses toutes marques.

L'acquisition s'étant, à peu près, déroulée dans les règles (en tout cas celles ayant cours dans cette partie du haut Montreuil), restait maintenant à baptiser la bête. Pour ce faire, ils reprirent la rue de Rosny puis la rue Saint-Just en direction du Bel-Air voisin.

À fond.

CETTE VOITURE-LÀ, MON VIEUX, ELLE EST TERRIBLE !

« Putain, ça c'est de la caisse ! Y a pas à dire, Marcel, c'est un bel enculé, mais niveau bagnoles, il touche sa bille. »

Jean-Claude, clope au bec et regard d'aigle braqué sur la route qui défilait devant lui, était cramponné au volant comme si sa vie en dépendait. Jamais, au grand jamais, il n'avait pris un tel pied. Le moulin de la 15, avec ses huit cylindres en ligne, ronronnait comme un fauve au repos à bas régime, mais était capable de délivrer toute sa puissance au moindre petit coup d'accélérateur. La grosse et ronde Citron paraissait alors décoller de l'asphalte tout en souplesse pour monter jusqu'à sa vitesse de croisière sans le moindre à-coup, suspension hydraulique oblige. Effet garanti sur le pékin moyen arpentant gentiment le trottoir avoisinant.

Concentré comme jamais, Jean-Claude gambergeait sec. C'était sûr : même la plus belle des gonzesses n'aurait pas pu lui faire autant d'effet – même la plus salope de toutes les salopes, rectifia-t-il immédiatement. Ouais, même celle-là, eh ben peau de balle ! Zobi ! C'était que dalle comparé à la sensation que lui procurait cette tonne de ferraille propulsée par ses seize chevaux.

Point de vue assez définitif mais modulable toutefois au regard des informations concernant la libido du gaillard : la plongée la plus profonde que Jean-Claude avait effectuée dans l'érotisme ayant consisté, à ce jour, en quelques tristes branlettes administrées mécaniquement de temps à autre par Simone, la dingue du bâtiment B, aux Grands-Pêchers. Emploi protégé durant la semaine au Mammouth de la mairie de Montreuil, elle arrondissait ses fins de mois le week-end en épongeant ses contemporains contre deux gauloises sans filtre. C'était sa monnaie d'échange, à la Simone : deux tiges, une branlette, quatre, la pipe, et pour un paquet on avait droit à la totale, mais sans embrasser. Coup de bol pour les puceaux de la cité et pour la Seita, Simone était une grosse fumeuse.

De brunes, uniquement.

Toutefois, un peu échaudé par le manque de poésie de la transaction, Jean-Claude avait, depuis l'événement, préféré garder son tabac pour lui et son pucelage pour une occasion un tantinet plus romantique. Ou plus experte, fallait voir.

Dans l'immédiat et jusqu'à preuve du contraire, puceau il était, puceau il resterait. Quand ses deux potes faisaient étalage de leurs conquêtes et des inévitables et innombrables prouesses sexuelles les accompagnant, il mentait éhontément, agrémentant le récit de ses propres exploits des nombreuses scènes de cul repérées dans ses exemplaires usés jusqu'à la trame de *Kriminal* et autres *Salut les bidasses* qu'il collectionnait depuis la puberté.

« Tiens, mate : t'as une place juste devant ! » Nono pointait un bout de trottoir un peu plus loin.

Jean-Claude écrasa la pédale de frein d'une godasse enthousiaste.

Le rade leur tendait les bras. C'était un petit bouclard tout ce qu'il y avait de standard pour le secteur et répondant au doux nom de Bar des Amis. Il était tenu par un Kabyle moustachu et ombrageux prénommé Larbi, et son comptoir de zinc faisait office, en fonction des heures de fréquentation, de centre social, de piège à pochtrons, voire même de claque puisqu'une blonde décolorée et sans âge (mais originaire de Valenciennes) y bradait occasionnellement du pain de fesse. L'histoire ne disait pas si Larbi en croquait au passage, et personne ne songeait à lui poser la question vu le tempérament évoqué plus haut, ainsi que la présence d'une carabine 22 long rifle disposée bien en évidence juste en dessous de la caisse enregistreuse.

Ils garèrent la 15 et s'engouffrèrent dans le bistro à grand renfort de portes claquées et de beignes dans le dos, histoire de faire une entrée à la hauteur du moment historique. Pas question de passer inaperçus avec un carrosse pareil, ce soir, c'étaient eux les cadors, et il était question que ça se sache. Malheureusement, et à l'exception d'une paire de vieux chibanis jouant au 421 et d'un gonzier épongeant tranquillement son demi, l'atmosphère du troquet était plutôt paisible en cette fin de dimanche. Au temps pour le triomphe. Les joyeux conducteurs se rabattirent donc sur les spiritueux et commandèrent la tournée de pastis réglementaire. Ils avaient attaqué au jaune un peu plus tôt avec Marcel et n'étaient pas encore assez cuits pour mélanger. Larbi les servit sans un mot, comme à son habitude, mais le type au bout du bar, finissant sa bière d'une seule traite, se tourna vers eux et leur sourit. Dire que la grimace qui s'affichait sur sa bobine était engageante aurait été très exagéré. Il avait le visage émacié, une peau mate ravinée par les cicatrices d'une ancienne acné et les pommettes hautes. Ses yeux, deux billes du noir le plus profond, lorsqu'ils se posaient sur vous, vous transperçaient le crâne. Lézard ? Serpent ? On pouvait hésiter sur le modèle mais pas sur l'espèce : il appartenait sans le moindre doute à la famille des reptiles.

De longs cheveux noirs et huileux lui tombaient en cascade sur le cou et les épaules, et une paire de rouflaquettes fournies courait tout le long de ses joues, sans pour autant opérer de jonction avec la fine moustache qui se dessinait sous un nez aquilin. Au coin de son œil gauche, on distinguait encore, malgré des marques de brûlure avoisinantes, la trace d'une larme d'un bleu délavé, souvenir d'un tatouage de taulard qu'on avait tenté d'effacer à la cigarette. Il était vêtu d'un pantalon de tergal beige, d'un ceinturon à large boucle et d'une chemise blanche déboutonnée à partir du nombril. Chaussé d'une paire de souliers vernis noirs pointus, il portait, à l'annulaire de la main droite, une chevalière ornée d'une pierre. Noire elle aussi.

Un vrai fils de pute, en somme.

« Dites, les gars, c'est une 15-6, ça, non ? Pas à dire, c'est une belle caisse que vous avez là. Une vraie bagnole d'homme ! » attaqua-t-il frontalement.

Il marqua une pause en balayant l'auditoire du

regard, manière d'ajouter l'emphase nécessaire à l'affirmation, puis reprit d'une voix un peu plus grave :

« Et une qu'a traversé l'histoire, hein. Qu'est allée jusqu'à Stalingrad, qu'a libéré Paris, qu'a trimballé les pires et les meilleurs. Les plus tordus, les plus vicieux. Les gus de la Gestapo, Pierrot le Fou, le grand Charles. C'est sûr que c'est pas la tire à monsieur Tout-le-Monde, ça. Et matez-moi ces ailes avant, ces phares, ces rondeurs. Elle est belle comme une femme, cette salope. Elle est à vous, les gars ? Vous permettez que je participe au baptême ? »

Et il ponctua sa question d'un geste circulaire de l'index au-dessus des verres du trio accompagné d'un coup d'œil appuyé à Larbi, qui alpaga la bouteille de pastis, leur laissant à peine le temps de finir leur première tournée.

Les trois heureux propriétaires en restaient comme deux ronds de flan. C'était qui, ce connard avec son cours d'histoire à balle cent ? Il y eut comme un bref temps mort ponctué d'un rapide échange de regards entre eux qui semblait dire « Gaffe ! », mais un mélange de fierté crâne et de soif du pochtron prit rapidement le dessus.

« Ah ben, c'est pas de refus », se rengorgea Riton.

Il y eut donc moult verres en tout genre descendus goulûment, une énorme quantité de « remettez-nous ça », un bon paquet de « derniers pour la route » et tout un tas de « allez vas-y cul sec si t'es un mec », et il fut bientôt très difficile d'évaluer précisément les quantités d'alcool ingurgitées. Tandis que l'on se raccrochait, qui au comptoir, qui au portemanteau, histoire d'éviter d'aller vérifier trop vite la propreté de la sciure sur le carrelage, Larbi, imperturbable, alignait les godets métronomiquement. Ça sentait l'alcool, le tabac brun et l'embrouille à plein tarin. Il était bientôt minuit, les nuages s'amassaient au-dessus du Bar des Amis, annonciateurs de l'orage à venir.

Finalement, ce fut Nono qui, d'une voix pâteuse, initia le mouvement d'un « Bon, allez, on s'arrache ? », tenant davantage du barrissement que de l'invitation. Il avait désespérément besoin d'air. Ils claquèrent donc la porte du rade au moment précis où la pluie, qui menaçait depuis un bon moment déjà, se décida enfin à donner toute sa mesure. Un bref mais puissant coup de tonnerre précéda de très peu un déluge de flotte qui s'abattit sur ce qui avait été jusque-là un trio, mais qui comprenait maintenant un mousquetaire supplémentaire.

« Putain, mais comment y s'appelle, c'narvalo, on y a même pas demandé son nom ? » s'interrogea Nono en dévisageant le type planté devant la Traction, imperturbable sous les trombes d'eau.

Il ne le savait toujours pas lorsque Jean-Claude rata le virage du bout de la rue Anatole-France, et qu'ils s'emplafonnèrent le mur du pavillon en meulière à un peu plus de soixante-dix à l'heure.

« Putain d'sa mère, mon perfecto, il est niqué !... »

Ce fut Nono qui reprit connaissance le premier. L'habitacle de la 15 empestait l'alcool et le vomi. Il ouvrit les yeux doucement et se déplia peu à peu, prenant conscience de son corps membre après membre. Il poussa sur la portière à sa gauche une première fois, mais rien ne se passa. Elle céda au deuxième coup d'épaule et il roula sur la chaussée avant de se relever d'un coup sec. Hébété, il resta planté là, bras ballants, à psalmodier « putain, les mecs, putain, les mecs » pendant un long moment, puis s'approcha à nouveau de la voiture, envahi par la trouille.

À la place du conducteur, Jean-Claude paraissait dormir. Le volant en bakélite de la Traction s'était brisé net dans sa partie basse au moment de l'impact, et le demi-cercle qui restait encore fixé à la colonne de direction se terminait par deux véritables lames dont l'une s'était fichée dans sa jambe gauche. À sa droite, à la place du mort, l'inconnu paraissait comme suspendu au-dessus de son fauteuil. Sa tête avait violemment heurté le pare-brise, qui avait résisté au choc, et elle s'était incrustée dans le verre feuilleté, créant une bosse à l'extérieur qui épousait l'arrondi de son visage. À l'arrière, Riton était plié en deux, baignant dans un mélange de pisse et de gerbe, mais sans blessure apparente. C'est lui que Nono finit par réussir à réveiller.

« S'qu'y a ? gargouilla-t-il.

— On a cartonné ! Dicave le merdier, mon pote. T'as vu la gueule de la caisse ? Et je te parle pas de Jean-Claude.

— Oh, putain, tu m'étonnes... Viens, faut qu'on sorte le grand. »

Riton sortit en titubant de la Traction.

À eux deux, et malgré ses protestations entrecoupées de cris de douleur de plus en plus forts, ils réussirent à extraire Jean-Claude de derrière le volant. Ce dernier tituba jusqu'au bord du trottoir, puis s'effondra.

« Sa race, les gars, comment j'ai mal. Mate le sang, j'en ai plein le futal. »

La blessure paraissait superficielle, le volant avait déchiré le dessus de la cuisse mais ne s'était pas enfoncé profondément. Le seul qui ne donnait aucun signe de vie, c'était le quatrième mousquetaire. D'Artagnan s'était mangé le pare-brise en pleine tronche et présentait tous les signes extérieurs du décédé.

Jean-Claude, assis sur le trottoir, serrait les dents en geignant doucement.

« Putain, putain, mais putain. »

Nono tournait en rond, la tête entre les mains.

Ce fut donc Riton qui, comme à l'accoutumée, reprit les commandes.

« Faut qu'on s'arrache, les mecs. Et *fissa.* Les schmidts vont rappliquer vite fait et ça va pas être bon, pas bon du tout. »

L'état des lieux, quoique succinct, présentait le mérite d'aller à l'essentiel. Pas question d'attendre que la poulaille débarque, et pas question non plus de mettre les bouts en laissant la caisse avec le cadavre au milieu du carrefour. Toute la soirée, ils avaient écumé le haut Montreuil, et même si les balances ne couraient pas les rues dans ce secteur, il se trouverait bien un bon citoyen pour les donner. Tomber pour vol de bagnole, passe encore, mais là ça sentait dans le meilleur des cas l'homicide involontaire, et ça, ça pouvait vous envoyer un bon moment en centrale.

« Allez, les gars, on pousse. »

Riton et Nono se collèrent au cul de la bagnole pour l'arracher du mur du pavillon, poussant et ahanant comme des brutes.

Leurs efforts finirent par payer, et la 15 recula

d'une bonne vingtaine de centimètres. Ils récupérèrent le pare-chocs et un phare qui n'avaient pas résisté à l'opération et les jetèrent sur la banquette arrière. Restait le plus délicat : extraire l'incrusté du pare-brise sans faire trop de vilain. Ils durent s'y reprendre à trois fois avant de parvenir à le décoller puis à le déposer sur le fauteuil avant.

« Oh, putain, c'te steak haché !... On va pas pouvoir le garder là, lui », commenta Riton, dents serrées.

Le visage tuméfié du type était couvert de sang et incrusté d'innombrables morceaux de verre. Il n'avait plus grand-chose d'humain.

Jean-Claude n'eut même pas le temps d'approuver, se contentant d'arroser consciencieusement le caniveau de gerbe. Se redressant péniblement, il tituba sur sa patte folle, s'essuya la bouche et se glissa derrière le volant de la Citron.

« J'vais voir si elle démarre. »

Le moulin toussait, crachait, mais l'étincelle ne venait pas.

« Mais putain, tire pas dessus comme ça, tu vas la noyer ! gueula Nono.

— Ah ouais, et t'as une meilleure solution, toi ? »

La pression montait entre les trois potes, mais ce fut la batterie qui décida de lâcher l'affaire.

« Allez, faut y retourner, les gars », leur enjoignit Jean-Claude.

Avec sa guibolle flageolante et sanguinolente, il n'était d'aucune utilité pour cette tâche et resta donc planqué derrière son volant, tandis que les deux autres, maintenant complètement dessoûlés, se collaient à nouveau à l'arrière du monstre de ferraille.

« Allez, avance, grosse pute. »

Nono avait les veines du cou au bord de l'explosion. Riton, les pieds comme plantés dans le goudron, ne mouftait pas mais poussait comme si sa vie en dépendait.

L'hypothèse d'une arrivée imminente des condés fit merveille, et malgré la tonne et demie à déplacer, l'improbable attelage, puant et suant, se mit peu à peu en branle.

« Encore un peu, on y est presque. Voilà, c'est bon, ça redémarre. Magnez-vous, grimpez. »

Profitant d'une pente douce qui rejoignait la route du cimetière, elle-même tout en descente, ils réussirent à sauter à bord au moment où le moteur reprenait vie. Ils roulèrent tout d'abord lentement, de peur de perdre des morceaux du tas de ferraille, puis reprirent peu à peu de la vitesse.

« Et maintenant, on fait quoi ? » Jean-Claude maniait la bagnole avec d'infinies précautions. « On va pas se balader dans cette chiotte toute pourrite avec un macchabée sur la banquette arrière toute la soirée ?

— Vas-y, tourne à droite, là, juste après la sortie du cimetière, intima Riton sèchement. J'connais un lascar qui va nous aider. »

Le chauffeur obtempéra tout en douceur, faisant de son mieux pour ralentir la 15 qui grinçait de tous les côtés. Il négocia le virage avec toute la souplesse que lui permettait sa jambe endommagée, et engagea l'engin dans l'allée goudronnée qui traversait une petite cité en briques rouges. Sous le bas de caisse de la voiture, ça pissait l'huile et tout un tas de liquides en tout genre.

« C'est là, stop ! » gueula Riton.

Enfonçant la pédale de toutes ses forces, Jean-Claude immobilisa la tire dans un grand raffut de freins. Ils se trouvaient sur un parking, face à une série de box aux portes en tôle ondulée. Malgré l'heure tardive, un rai de lumière filtrait sous le rideau de fer de l'un d'entre eux. Riton frappa deux coups brefs et appela doucement :

« Kamel ? »

Silence.

« Dicave, Kamel, vas-y ouvre, c'est Riton, là. »

Silence.

« Allez, Kamel, chuis en galère, là... Vas-y, ouvre, s'teu plaît », insista Riton, ponctuant sa supplique de coups de poing nettement plus appuyés.

Bruit de métal entrechoqué, grognements indéfinissables. Des pas semblèrent provenir du fond du box. Le rideau de fer remonta doucement, révélant, de bas en haut, un petit homme en tongs, short et débardeur, une clé tube à la main et un mégot de gitane maïs éteint pendouillant au coin du bec.

« Putain, Riton, mais t'as vu l'heure, sans déc ? Franchement t'es relou, là, tu vas me faire tricard avec tous les voisins. Et puis je t'ai déjà dit de plus revenir ici. T'es grillé, dans le coin, cousin.

— Je sais, Kamel, je sais, mais là, franchement, j'ai pas le choix. Ça craint. Tu peux pas me laisser en galère comme ça. C'est vraiment chaud. »

Et manière d'étayer ses dires, il s'effaça doucement de la lumière, révélant juste derrière lui ses deux acolytes et, un peu plus loin, la silhouette de la Traction Avant dont les fluides se répandaient sur le bitume.

« En-cu-lé ! » se borna à commenter Kamel en envoyant son mégot valdinguer d'une pichenette.

Il fourragea dans ses cheveux puis se rapprocha

pour mesurer l'étendue du marasme. Faisant le tour du véhicule, ses sifflements admiratifs montèrent en tonalité au fur et à mesure qu'il constatait les dégâts, mais s'arrêtèrent net lorsqu'il découvrit le corps allongé sur la banquette arrière.

« Ah non, putain, Riton, pas de ça, hein ! Je sais qu'on est en dettes toi et moi, mais pompes funèbres, c'est pas mon taf, ça ; je fais pas les allongés. T'as entendu ? Ta caisse chelou encore, je veux bien essayer de trouver une solution, mais ton macchab, là, c'est pas mon problème. Je veux même pas savoir comment il est arrivé là, t'as compris ? Je sais pas qui c'est, je l'ai jamais vu, et d'ailleurs, il existe pas, OK ? Donc, toi et tes potes, vous emballez le monsieur avec le plastique qu'est là, au fond, et vous caltez vous faire voir chez plumeau pendant que je m'occupe de votre chiotte. Parce que j'imagine que c'est pour ça que t'es venu me casser les couilles, hein ! C'est bien ça ? Allez, vous sortez monsieur et vous rentrez madame, et *fissa*, hein.

— OK, OK. Ça va, on se casse. Je peux juste t'emprunter ton rouleau de scotch, la ficelle et le paquet de sacs-poubelles, là ? Je te ramènerai tout ça un de ces quatre. Juré. »

Kamel ne prit même pas la peine de lui répondre, il leur tourna le dos, se colla une maïs toute neuve dans le bec, s'empara d'un chalumeau et d'une paire de lunettes de protection fatiguée et se dirigea vers le fond du garage.

« Hé, Riton ! Toi et moi, maintenant, on est quittes, pigé ? » gueula-t-il avant d'allumer sa clope puis d'enflammer l'acétylène.

Ça allait découper sec.

BOULEVARD DES ALLONGÉS

Tandis que Kamel payait sa dette à Riton à grand renfort de chalumeau au fond de son box, Nono, agenouillé sur le trottoir une centaine de mètres plus loin, faisait de son mieux pour mettre en œuvre ses compétences en matière d'emballage. Un savoir-faire acquis lors de son seul boulot honnête, un poste de magasinier manutentionnaire dans un magasin de bricolage du boulevard Aristide-Briand. Boulot ingrat et payé au lance-pierre que lui avait dégotté sa conseillère à l'ANPE et qu'il avait fini par accepter, histoire de calmer sa mère qui passait ses journées à lui chanter Ramona à propos de, dans l'ordre, son inactivité crasse, ses fréquentations détestables et son inévitable destin de gibier de potence.

« Ah, mais zob ! Il bouge vachement pour un mort. »

Riton et Jean-Claude, admiratifs, l'observaient en silence.

Après avoir, durant de longues minutes, roulé, déroulé puis roulé de nouveau, tenté de ficeler pour se résoudre à finalement scotcher, en soupirant et suant des litres de transpiration rance et de Ricard frelaté, il finit par rentrer le bout de langue qu'il sortait systématiquement lors de tout exercice nécessitant un minimum de concentration puis se redressa et jeta un coup œil satisfait à l'épouvantable assemblage, mi-hot-dog mi-rouleau de printemps, qui gisait sur le goudron du parking.

« Voiiilà. Franchement michto, non ? Ça le fait, les gars ? Ni vu ni connu j't'embrouille, hein ? »

Les deux autres, indécis et ne souhaitant surtout pas briser une vocation, se gardèrent de tout commentaire.

Riton, les yeux mi-clos, tentait en vain de se recoiffer, signe chez lui d'une intense réflexion. Maintenant que le cadeau était emballé, restait à le déposer au pied du sapin et de préférence dans des régions peu fréquentées. Coup de bol pour les lutins du Père Noël, le haut Montreuil et son autoroute en construction depuis des lustres offraient un choix de terrains vagues tout aussi variés que providentiels. Seul petit contretemps : ces derniers se trouvaient au-dessus, et non en dessous, du cimetière, à savoir tout en haut de la côte que la Traction et ses passagers venaient de dévaler sur ce qui lui restait de jantes. L'ambiance passa ainsi rapidement de *Max et les ferrailleurs* à *Premier de cordée.*

« On va l'monter à l'autoroute, là où c'est qu'y a le chantier. Y a jamais personne dans c'te zone, on sera peinards pour le planquer.

— Ah ouais ! Et t'as décidé ça tout seul, comme un grand ? Genre, c'est toi le patron, maintenant ? » avait renaudé Nono, se débattant avec ce qui restait du rouleau de scotch.

Il commençait à en avoir plein le cul. Depuis que la soirée avait commencé à tourner vinaigre, c'était comme si Riton s'était lui-même voté un statut de chef de gang. Il tranchait, ordonnait, décrétait, le tout sans autre concertation qu'avec lui-même. Les deux autres avaient laissé faire jusque-là, dépassés qu'ils étaient par la cascade d'emmerdements qui leur était tombée sur les endosses, mais, cette fois-ci, Jean-Claude aussi en ajouta une louche, épouvanté par la perspective de l'ascension tant sa jambe le faisait souffrir.

« Franchement, les gars, c'est pas pour faire mon enculé, hein, mais avec ma guibolle, là, je la sens vraiment pas la montée, moi. J'pourrais p't'être vous laisser finir et m'arracher en tromé ? Faudrait quand même que je montre ma canne à un toubib histoire que je me ramasse pas de la gangrène ou un truc dans le genre, non ? »

Tout en parlant, il se dandinait péniblement d'un pied sur l'autre, faisant de son mieux pour remonter un grimpant usé jusqu'à la corde qui tire-bouchonnait sur ses pompes vernies maculées de fluides divers. Le sang avait coagulé tout le long de sa jambe, collant la peau et les poils à la fibre du pantalon, et chaque pas lui arrachait de petits gémissements de douleur.

« Tu vas nulle part, OK ? le sécha Riton d'un ton sec. Au cas où t'aurais pas vu, on est grave dans la merde, là, et on s'y est foutus tous les trois. Donc, tant qu'on se sera pas débarrassés de l'autre enculé, ben on restera tous les trois, tu vois. Et toi, continua-t-il en levant le menton vers Nono, si t'es pas jouasse, t'as qu'à trouver des solutions. Y a que moi qui me démerde depuis tout à l'heure pour nous sortir de la merde.

— OK, c'est toi qui vois. »

Résigné, Jean-Claude renifla un grand coup et se borna à hocher la tête. Nono ne moufta pas, se contentant de planter un regard le plus sombre possible dans celui de Riton, manière de lui faire sentir l'agacement qui le gagnait de plus en plus. L'autre connard commençait à lui courir sérieusement sur le haricot avec ses airs d'adjudant-chef à la redresse. L'armée, lui, s'il avait pas voulu la faire, c'était justement pour que des baltringues viennent pas lui expliquer la vie avec leurs ordres à la noix. L'heure n'étant toutefois guère propice aux coups d'État, il remballa sa morve et sa rancœur, se contentant de lâcher d'une voix douce :

« OK, et c'est qui qui se la cogne, l'enflure ?

— C'est bon, je la prends en premier, tu prendras le relais. »

Fin stratège, Riton fit redescendre la pression, histoire de calmer la rébellion qu'il sentait poindre au sein de ses maigres troupes. Il se pencha vers l'avant sans sourciller, et les deux autres firent de leur mieux pour lui coller le sinistre colis sur le dos. Sauf que malgré les talents d'empaqueteur de Nono, l'exercice s'avérait plus que compliqué.

« Attends, bouge pas, là, il glisse si tu bouges. Reste tranquille, merde.

— Mais putain, tu crois quoi ? Que je le fais exprès ? C'est toi qui t'y prends comme une burne. »

Lorsqu'ils tentaient d'attraper le rouleau par une de ses extrémités, l'effet « tube de dentifrice » jouait à plein et propulsait la tête du macchab à l'autre bout, et, quand ils la repoussaient afin qu'elle réintègre le cylindre de plastique, les pans de ce dernier s'ouvraient, dévoilant le haut du corps tout entier jusqu'aux épaules. Finalement, parvenant à coordonner leurs efforts, ils réussirent à déposer le colis sur l'épaule droite de Riton, qui poussa un profond soupir et se redressa du mieux qu'il put pour entamer sa longue marche.

« La vache, ce qu'il est lourd, ce con. C'est zarbi, vu comment il est gaulé. »

L'ascension fut silencieuse, seulement troublée par la respiration saccadée du porteur et les gémissements du boiteux. Nono, quant à lui, ressassait sa colère en s'appliquant à mettre un pied devant l'autre malgré l'obscurité. Arrivés en haut de la côte, ils enquillèrent pour la deuxième fois la rue de Rosny, dépassant cette fois-ci la rue Saint-Antoine (en priant intérieurement pour que Marcel dorme du sommeil du juste au fond de son gourbi) et traçant jusqu'au chantier de l'autoroute. Là, ils finirent par dégotter un petit lopin de terre au petit poil, creusèrent péniblement un trou d'une taille adéquate, y enfouirent le rouleau qui ne ressemblait plus à grand-chose et collèrent par-dessus un vieux matelas éventré qui traînait là, histoire de parachever leur boulot de fossoyeurs et de planquer la terre fraîchement retournée.

Le silence qui régnait était mortuaire.

Riton fit claquer sa langue, s'essuya les mains sur les cuisses et balaya la tombe de fortune du regard.

« J'sais pas vous, mais moi, ça m'a donné soif ce merdier. J'connais un rade qui ferme pas de la nuit vers les Grands-Pêchers. Ça vous dit qu'on s'paye une mousse ? »

Ça leur disait.

Ils mirent les bouts, l'ambiance du lieu combinée à la succession d'embrouilles de la soirée commençait à peser lourd, et la perspective d'une bière fraîche leur fournit les ressources nécessaires pour se traîner jusqu'au troquet providentiel.

« Magnez-vous, il est en train de fermer. »

L'enseigne défraîchie annonçait Café des Sportifs. Vu l'effort qu'ils venaient de fournir, ça paraissait raccord.

Le bistrotier, voyant débouler l'attelage, eut un moment d'hésitation.

« On ferme, messieurs.

— Oh, allez quoi, patron ! Soyez pas vache, on restera pas longtemps. Juste une bière et on s'en va », tenta Nono d'une voix mielleuse.

La recette de la journée ayant été très médiocre,

le mastroquet hésita un instant mais ne se fit pas prier plus longtemps et remonta son rideau de fer.

« Qu'est-ce que je vous sers ? »

Les pieds nickelés choisirent la table la plus éloignée du comptoir, commandèrent trois demis, puis trois autres. Et ce qui ne devait être, à l'origine, qu'une séance de rafraîchissement se transforma assez vite et une fois de plus en une beuverie méthodique, quoique sans joie cette fois-ci.

« On est mal, là, non ? » Jean-Claude se frottait nerveusement les mains.

On en était à la quatrième tournée de demis, et le bilan de la soirée s'avérait catastrophique : l'objet de tous leurs désirs devait maintenant ressembler à un misérable puzzle de ferraille, et ils avaient, bien involontairement mais assez efficacement, buté puis enterré un type, non sans l'avoir préalablement emballé dans des sacs-poubelles. Tout ça sentait vraiment mauvais. D'autant plus qu'amateurs patentés qu'ils étaient, ils n'avaient même pas pris la peine de fouiller le gonzier et n'avaient, par conséquent, pas la moindre idée de son identité. Nono, agacé par son statut de sous-fifre relégué aux affaires courantes et qui gambergeait à tout ça depuis une bonne heure déjà, posa son demi d'un geste auquel il fit de son mieux pour donner toutes les apparences de la fermeté et lâcha d'une voix pâteuse :

« Franchement, les gars, on est vraiment des caves. Moi je dis qu'on peut pas rester comme ça, faut qu'on y retourne, et vite fait encore. On sait même pas comment qu'y s'appelle, ce gadjo, et si ça se trouve, il a encore ses papiers sur lui. On est grave tricards : Larbi nous a vus picoler toute la soirée avec lui, et si les schmidts lui mettent la pression, il finira par manger le morceau et nous balancer. On peut pas le laisser dans un trou avec juste un matelas dessus et ses fafiots dans les fouilles. Faut qu'on y aille, qu'on lui passe la gueule au papier de verre, au vitriol ou j'sais pas quoi. Et puis qu'on lui rabote le bout des doigts, aussi.

— Le bout des doigts ? Ben pour quoi faire, le bout des doigts ? bafouilla Jean-Claude, sortant de l'anesthésie locale que plusieurs litres de houblon avaient fini par lui dispenser.

— Ben tu sais bien, genre comme dans *Colombo*, là. Pour qu'les kisdés y puissent pas l'identifier, rapport aux empreintes. »

Face à la pertinence du propos combinée à l'aspect scientifique de l'analyse, même Riton ne trouva rien à ajouter et dut se rendre à l'évidence : il fallait y retourner, une fois encore. Ils n'avaient ni vitriol ni papier de verre sous la main, mais ils trouveraient bien une solution. Ils enfilèrent donc vestes et blousons, ramassèrent la menue monnaie qui traînait sur la table entre les paquets de gauloises froissés et les coques de cacahuètes et quittèrent le troquet.

« Une bonne nuit, messieurs. »

Le patron du rade essuyait des verres, l'œil torve.

Il fallait faire vite. Très vite.

Lorsqu'ils arrivèrent au trou dans la palissade qui leur avait permis de passer la première fois, ils sentirent la trouille remonter vitesse grand V. L'adrénaline qui les avait envahis après l'accident était maintenant retombée à son plus bas niveau. Foin d'action, de cadavre à planquer ou de bagnole à découper, il restait juste un très sale boulot à effectuer, et malgré leurs CV de loubards passablement chargés, aller déterrer un cadavre pour lui refaire une manucure au papier de verre tenait plus de la cérémonie sataniste que du film de gangsters. La pelle qui leur avait servi à creuser le trou était encore là. Riton, en chef de bande fatigué mais dévoué, s'en empara et s'avança, traînant des santiags jusqu'à la sépulture de fortune.

Il s'arrêta net.

Puis il se retourna vers les deux autres. Il était blanc comme un linge.

« Il est plus là, les mecs. La tête de ma mère, il est plus là… »

TROMPE-LA-MORT

« Putain, mais ça se peut pas, ça, hein ! C'est pas possible !… Il était mort, là. On est d'accord, OK ? Genre vraiment mort, quoi. Raide mort, super mort, hyper mort, totalement mort. Décédé, avec tout plein de sang partout et tout, hein. Avec sa tête toute pourrite, toute défoncée. Vous l'avez vu, les gars, hein ? Il était mort ou pas ?… Les gars ? »

Jean-Claude secouait la tête de plus en plus frénétiquement en signe de dénégation d'une évidence pourtant difficilement contestable. Il finit par s'asseoir pesamment dans la boue du terrain vague, se prenant la tête entre les mains en geignant doucement.

Le silence, lourd de menaces, était à couper au couteau à cran d'arrêt. Même Riton, toujours prêt à prendre l'initiative, paraissait tétanisé par l'aspect surnaturel de la disparition. Nono, à bout de mots, se contentait de renifler bruyamment.

Une aube blafarde éclairait le terrain vague, et malgré la persistance de la fraîcheur nocturne, on sentait monter peu à peu la douceur d'un début de journée de printemps. Ils étaient là, tous les trois debout autour du trou, les bottes plantées dans la terre meuble, scrutant désespérément le vide avec comme l'espoir d'y trouver une réponse à cette question quasi métaphysique : comment le déjà mort avait-il bien pu se faire la malle ?

Le matelas éventré qui avait servi de camouflage de fortune à la sépulture improvisée gisait un peu plus loin, recouvert de terre et maculé de taches de sang frais. Partant du trou et rejoignant le chemin de fortune qui filait vers la sortie du terrain vague, on distinguait des empreintes de pas et des traînées humides sombres et irrégulières sur le sol boueux. Aucun doute : le lascar avait mis les bouts. Et pour ce faire, il lui avait fallu disposer d'une énergie que l'on pourrait somme toute qualifier de vitale. Du statut de refroidi, il passait donc, séance tenante, à celui de revenu d'entre les morts, causant ainsi potentiellement un bon gros paquet de soucis potentiels au trio de cow-boys urbains.

Il les avait vus, entendus, côtoyés une soirée

entière. Il avait même très probablement retenu leurs prénoms et aurait certainement quelques comptes à leur demander, rapport à leur conception de la main tendue, voire leur capacité à organiser des funérailles express sans vérifier auparavant que le client était bien à température... De sombres pensées, toutes pleines de représailles cruelles autant qu'imminentes, assaillaient les cerveaux embrumés des trois fossoyeurs.

« C'est un truc de malade, ça. Les morts qui disparaissent, c'est que dans les films d'horreur. »

D'une voix râpeuse, hésitante et encore pleine du goudron et de l'alcool accumulés durant la nuit, Jean-Claude faisait tout pour briser le silence, refusant de se rendre à l'évidence. L'accident puis la perte de la bagnole si longtemps convoitée, passe encore. Sa guibolle en morceaux, le cortège funèbre le long de la côte du cimetière et l'enterrement en loucedé, mettons. Mais le macchabée qui disparaît, ça, c'était au-delà de ce qu'il était en mesure de concevoir. Nono et Riton, bien incapables de lui fournir une réponse satisfaisante, gardaient le silence, scrutant le bout de leurs pompes boueuses. Il se releva péniblement, épousseta de ses doigts crasseux son pantalon constellé de taches en tout genre puis se campa du mieux qu'il put sur sa jambe valide.

« Nan, parce que y a trois solutions, là. » Il compta sur ses doigts. « Et d'une : il est pas mort, il s'est nachave, et on va bien se faire défoncer quand y va nous retrouver et nous demander des explications rapport à l'enterrement. Et de deux : il est mort mais y a quelqu'un qui nous a tiré le cadavre pour je sais pas quoi faire, genre du chantage ou autre, et on va douiller nos races. Et de trois… »

L'espace d'un instant, sa voix se brisa. Il semblait hésiter, chercher ses mots, comme si cette troisième hypothèse lui paraissait impensable, inacceptable. Il secoua la tête, se racla la gorge en profondeur et y dégotta un glaviot de bonne facture qu'il propulsa dans la terre à ses pieds, comme pour conjurer par avance le mauvais sort.

« Et de trois, j'disais, le mec c'est un genre de Sheitan, tu vois. Un esprit maudit, style, un revenant. Ma daronne m'a dit qu'elle en avait déjà vu au cimetière Saint-Antoine avec des formes de p'tites flammes, zarma, qui flottent au-dessus des tombes. Et il va venir nous pourrir la vie, nous chatouiller les panards quand on dormira, nous hanter la nuit jusqu'à ce qu'on mange plus, qu'on devienne tous guedins et qu'on se mette une cartouche ou qu'on se pende. La tête de ma mère, ça existe ces trucs-là. T'as même une vieille meuf aux Grands-Pêchers qui fait des genres de soirées où elle les fait parler en tapant sur les tables et tout… J'vous jure les gars, moi ça me fait vraiment flipper, ça. »

Riton et Nono se regardèrent tout d'abord, puis dévisagèrent Jean-Claude, estomaqués. Sans avoir besoin de se parler, ils paraissaient être parvenus à la même conclusion : le grand con avait sauté les plombs ! Même s'ils avaient pu eux-mêmes envisager l'espace d'un instant la situation sous un angle vaguement paranormal, entendre Jean-Claude évoquer zombies et feux follets les avait ramenés sur terre à vitesse grand V. Son délire avait ainsi eu un mérite indéniable : leur faire mesurer le niveau de merde, bien concret, dans lequel ils étaient maintenant plongés. Au loin, du côté de l'autoroute, provenait la sourde rumeur du jour qui se levait. Riton, face à la panique qu'il sentait monter tous azimuts, fit alors ce qu'un chef digne de ce nom ne pouvait repousser plus avant : il extirpa du fond de son paquet de gauloises une clope toute fripée qu'il alluma d'un Zippo décidé, puis il trancha dans le vif…

« Déjà, Jean-Claude, tu vas commencer par arrêter tes conneries et fermer ta gueule cinq minutes, hein. On a largement assez d'embrouilles comme ça avec les vrais refroidis pour pas s'en rajouter d'autres avec des fantômes à la con. Pour le reste, t'as raison : que le lascar soit clamsé ou pas, on va se ramasser des embrouilles dans tous les sens. Du coup, va falloir la jouer fine et commencer par se séparer vite fait et se faire oublier dans le bled. Les trois ensemble, on est trop chauds. »

Il marqua un temps d'arrêt. Jean-Claude tortillait nerveusement un des pans de sa chemise, l'œil dans le vague, penaud mais surtout peiné par les remontrances de son pote.

« Y a du monde chez toi, JC ? lui demanda Riton, adoucissant le ton.

— Chais pas. Peut-être ma mère, si elle est pas encore partie au taf. Pourquoi ?

— Pass'que avant d'aller te faire rafistoler la guibolle à l'intercommunal, faut qu'tu te fasses propre. Si t'y vas comme ça, ça va pas faire un pli, y vont flairer l'embrouille, appeler les schmidts et tu s'ras bon pour une gardave. »

Et il faut bien avouer que le voyou de ses dames faisait peine à voir. Son manteau de cuir semblait avoir effectué quelques tours au plus profond du tambour d'une bétonneuse, la jambe droite de son fute en tergal, noircie de sang séché et fendue du genou à la cheville, pendouillait lamentablement sur sa boot de droite, racornie et pleine de boue. Au pied gauche, il ne portait plus rien : sa pompe gisait un peu plus loin, enfoncée dans la glaise humide du chantier.

« Tu rentres chez toi, tu te prends une douche, tu changes de fringues et tu vas te faire faire la radio, le plâtre et tout le merdier. Si y posent des questions, t'es tombé en aidant un pote pour un déménagement. Après ça, tu te fais oublier : pas d'embrouilles, pas de caisses à l'arrache, pas de sac à main. Rien. Que dalle. T'as pigé ? » enchaîna Riton.

Le grand loubard, docile, baissa la tête en signe d'acquiescement, puis demanda timidement :

« Mais on se voit plus, genre, pour toujours ? »

Et dans sa voix il y avait la crainte des éventuelles conséquences de cette nuit funeste, mais aussi, voire surtout, la trouille de se retrouver seul face à l'immense vacuité de son existence. Riton et Nono, c'étaient ses seuls potes, ceux qui faisaient que sa vie était supportable. La perspective de se farcir son quotidien sans leur présence lui semblait, en ce lundi matin blafard, presque insupportable. Et ce qui était vrai pour Jean-Claude se vérifiait pour chacun d'entre eux : ensemble, ils étaient forts, solidaires, insolents, arrogants. Seuls, ils redevenaient ce que le monde entier, flics, profs, parents ou patrons, s'appliquait à leur répéter chaque jour depuis leur plus tendre enfance : des pas grand-chose, des rien du tout.

Voire des moins que rien du tout.

Riton hésita un moment avant de répondre. Lui aussi redoutait la perspective de se retrouver sans ses potes. Il avait peu à peu gagné sa place de leader du trio – même si le titre lui était encore parfois chipoté par Nono –, et c'était bien le seul truc qu'il contrôlait dans sa pauvre vie. Mais conscient de ses responsabilités de meneur d'hommes, et chiant de trouille à l'idée de se retrouver une fois de plus confronté à la maréchaussée, voire, pire encore, à un éventuel juge, il garda le cap. Toutefois, il ne pouvait se contenter de lâcher tout le monde dans la nature. Nono aurait probablement pu gérer ce type de manque de visibilité quelque temps, mais certainement pas JC ; lui ne tiendrait pas plus de trois jours avant d'aller se mettre le compte et s'épancher dans la première oreille compatissante venue. Il leur fallait une échéance, quelque chose à quoi se raccrocher : une heure, une date, un lieu.

« Je sais pas combien de temps, narvalo. Le temps qu'il faudra. Déjà on verra ce qui se dit dans la rue demain : si le keum il était connu, si y a des gens qui le cherchent, sa famille, les condés. Après, on n'a qu'à se dire que, si y s'est rien passé de chaud demain ou après-demain, on se retrouve à la Croix-de-Chavaux, au PMU de la rue de Paris, dans une semaine. Ça vous va ? »

Nono hocha la tête. Il aurait bien contesté une dernière fois, pour le principe, l'autorité de Riton, mais la décision lui paraissait la seule envisageable et il préféra se ranger du côté de la raison. Il serra la louche des deux autres et tourna les talons. Il était pas loin de huit heures, avec un peu de chance, il pourrait choper un bus pour remonter vers chez lui et avoir le temps de se doucher et de se changer avant d'aller attaquer sa semaine de manœuvre. Tous ses muscles lui faisaient mal, ses fringues puaient la sueur et l'alcool, et il avait l'impression d'avoir avalé un animal en décomposition et de ne pas réussir à le digérer.

Jean-Claude et Riton restèrent plantés dans le terrain vague quelques minutes encore. Le grand loubard ne disait rien, mais son pote le connaissait par cœur. Le mec avait la torgnole facile et ne reculait devant aucune embrouille ou baston potentielles, et sa réputation de vicieux au corps à corps ne restait plus à faire. On pouvait appeler Jean-Claude de jour comme de nuit, il se pointait au garde-à-vous, la gueule enfarinée mais prêt à bouffer toute crue la cible que Riton lui désignerait. JC, c'était un grand chien de combat, obéissant et discipliné, sauf que, comme tout animal domestique, il ne redoutait rien tant que la liberté et l'absence de son maître.

Ce dernier fit de son mieux pour le rassurer.

« Ce sera pas long, une semaine, mec. T'as juste à te tenir à carreau, à glander chez toi. Tu penses que tu peux faire ça ?

— J'vais essayer, Riton, la tête de ma mère, j'vais essayer. »

Riton empoigna le bras de son pote et l'aida à s'extirper de la boue. Ils ramassèrent le cadavre de sa deuxième godasse puis clopinèrent tous deux vers la sortie du terrain vague.

Le jour s'était levé.

C'était le printemps.

LE ROCK DU PADDOCK

« Oh ! Johnny !

— Tiens, salut, Riton ! Comment ça va, mon pote ?

— Ben comme tu vois, Johnny, tranquille peinard. Et toi, ça gaze les affaires ?

— Ah, mon vieux, m'en parle pas. J'ai la scoumoune qui me colle au derche depuis ce matin. Pas une course qui rende, j'ai pas fait une thune, rien, peau de balle. Franchement, j'en ai plein le cul, j't'assure, c'est pas une vie. »

Le grand truc de Johnny, c'était la plainte. La goualante. Avant d'envisager toute transaction, il fallait se coltiner l'intégrale de ses misères reliée pleine peau, le palmarès de ses épreuves sur terre. Toujours malheureux, qu'il était. Fauché, ruiné, dépouillé. Et avec les yeux battus qui allaient avec. Sauf que Riton, la complainte à Johnny, il la connaissait par cœur, et qu'aujourd'hui, vu la situation, la patience lui manquait.

Personne ne connaissait le nom de famille de ce mec. Seul son vrai prénom, Angelo, rappelait ses origines italiennes. Il était le fils, unique et torturé, d'un père sicilien et ombrageux et d'une mère picarde aussi blonde et grande que le daron était brun et court sur pattes. Du premier, il avait hérité d'un teint de pruneau et d'une passion frénétique pour le sport équestre, et de la seconde, une admiration sans bornes pour celui qu'il appelait, depuis toujours, le « Roi du rock », Johnny Hallyday. Dès sa plus tendre enfance, il avait partagé avec sa mère les hauts faits de la carrière du rocker belgo-français. Il connaissait chacune des phases de l'idole sur le bout des doigts – de ses débuts de blouson noir à sa consécration façon Elvis à Las Vegas en passant par sa période hippie – et accumulait documents sonores et visuels, qu'il classait méthodiquement puis rangeait dans une vitrine qu'il fermait soigneusement à clé. Clé qui battait sur sa poitrine, au bout d'une chaîne en or, juste à côté de la médaille de la Vierge de son père dont il avait hérité lors du décès de ce dernier. Car, non content d'être (*dixit* sa mère) le plus grand fan de Johnny de tout l'est de Paris, Angelo était un garçon pieux. Très pieux.

Son rapport au catholicisme, même si assez peu érudit du fait d'une incapacité à se concentrer plus de cinq minutes, était d'une intensité telle que personne ne se laissait aller à jurer le nom de Dieu en sa présence. Dans le meilleur des cas, on risquait la menace verbale, dans le pire, une tarte bien appuyée de sa main de maçon au chômage. Sa dévotion catholique combinée à son amour des courses lui posait d'ailleurs de très sérieux problèmes en termes de culpabilité. Car Johnny avait un vice. Un vice terrible. Il jouait. Frénétiquement. Désespérément. Il jouait tout le temps, partout. Il jouait la nuit, dans ses rêves, avec le gros lot qui lui tombait tout cuit, le déménagement dans la villa somptueuse, la bagnole de luxe tout juste sortie du Salon de l'auto, les loufiats aux gants beurre frais lui donnant du Môssieur Johnny en lui resservant une louche de caviar au petit déjeuner. Il jouait aussi le jour, dans la rue, pariant avec lui-même sur le nombre de pas qui lui restait avant d'arriver au troquet, ou sur la probabilité que le feu passe au vert pile au moment où il s'engagerait sur la chaussée. Il jouait en semaine, mais aussi le dimanche sur les stands de bonneteau des puces, même s'il savait, ayant lui-même fait le baron avec talent, toute victoire impossible. Et surtout, dès qu'il le pouvait, il fonçait jusqu'au PMU de la rue de Paris ou d'ailleurs, voire mieux encore, jusqu'au champ de courses à Vincennes, Enghien, Auteuil ou Longchamp. Il lui arrivait même de foutre le camp jusqu'à Deauville sur un coup de tête afin d'assouvir son coupable passe-temps.

Évidemment, comme tout joueur compulsif, Johnny perdait beaucoup. Ce qui ne portait guère à conséquence sur sa vie de tous les jours, puisqu'il vivait seul avec sa mère et n'avait ni femme ni enfant. Il pouvait donc consacrer l'ensemble de ses maigres revenus à assouvir son vice sans léser grand monde, sa mère planquant ses propres économies au moins aussi bien que Johnny ses icônes rock'n'rolliennes.

En somme, Johnny ne dérangeait personne.

Sauf que sa vie restait, malgré tout, un enfer.

Car bien entendu, à force de fréquenter jockeys, lads et entraîneurs sur les champs de courses, il lui arrivait aussi parfois de gagner. Voire même de gagner des sommes raisonnables. Et c'était lors de ce qui aurait dû être pour lui un moment de grâce et de consécration que, systématiquement, le drame advenait : la combinaison d'un catholicisme frénétique et de son vice non moins envahissant produisait alors une somme de culpabilité tellement colossale que Johnny avait bien du mal à la gérer. Il se mettait donc à boire avec une belle constance, passant d'un bistro à l'autre et expliquant à qui voulait l'entendre qu'il lui fallait se débarrasser au plus vite de « l'argent du vice », du « fruit du péché ». Les clients des troquets ne connaissant pas l'oiseau le prenaient pour un joyeux original et étaient ravis de se faire rincer. Inutile de préciser que ceux qui fréquentaient l'engin depuis plus longtemps connaissaient bien ses périodes sombres et les guettaient avec attention. Ils avaient même inventé un jeu intitulé « choper Johnny », qui consistait à être le premier dans les parages au moment où la manne empoisonnée commençait de se déverser, histoire de gratter le maximum de fraîche et de picoler à l'œil avant que la source se tarisse.

Dans quel état était Johnny ce jour-là ? Riton n'en avait pas la moindre idée, mais il s'en foutait comme de l'an quarante. Aujourd'hui, il y avait du trot à Vincennes, et il avait une idée derrière la tête.

« Ah merde, c'est pas de bol, hein. Et ben tu vois, moi, c'est un peu pareil. Chuis raide comme un passe-lacet et j'vais avoir besoin de lovés vite fait. Du coup, j'me suis dit comme ça qu'on pourrait se monter une petite embrouille à l'ancienne, tranquille, toi et moi ? On se chope un beau cave bien comme y faut, on se le plume et on fait part à deux. Ça te dit ? »

Johnny sembla hésiter. Il fit passer le mégot de sa gitane d'un côté de la bouche à l'autre, se dandina, lissa les pans de son imperméable, puis replia soigneusement l'exemplaire froissé de son journal de pronostics avant de le glisser dans sa poche.

Ce cirque-là aussi, Riton le connaissait par cœur, le rituel se poursuivait…

« Franchement, chais pas, Riton. C'est pas que je veuille pas t'rendre service, hein, mais tu vois, j'suis pas sûr. C'est que j'suis en conditionnelle pendant encore deux mois rapport à mon affaire, et si j'me fais poisser, c'est direct au ballon. Ma mère, que je r'tourne au placard, je t'assure, ça la tuerait. »

Le petit homme se frottait nerveusement les mains en tétouillant son mégot jaunâtre. Vêtu d'un imper trop grand et constellé de taches de gras, un exemplaire de *Paris Turf* froissé calé sous le bras, il suait abondamment et dévisageait Riton, bouche entrouverte et clignant frénétiquement des yeux.

Le loubard fronça légèrement les sourcils et en remit une couche.

« Franchement, Johnny, c'est pas comme si j'te demandais d'monter au braquo. Sérieux. Juste un p'tit business tranquille, à l'ancienne ; on se fait trente ou quarante sacs pépère et chacun rentre chez soi. Des baltringues, y en a plein ici, y a qu'à se baisser. Tiens, regarde-le l'aut' cave, là-bas, chuis sûr qu'il attend le tuyau de rêve pour refaire le toit de son pav'. Il est juste à point, il t'attend. Allez, vas-y, Johnny. Allez quoi, tu sais bien que c'est toi le meilleur.

— Wah, l'autre ! Vas-y, fais pas ton lèche-cul. »

Le flambeur se rengorgeait, rougissant presque. C'était bon, il l'avait ferré, il ne fallait plus le lâcher. Riton était très motivé.

Ce matin-là, après avoir quitté ses deux potes du côté de la rue Saint-Antoine, il était rentré chez lui histoire de dormir quelques heures, mais sans grand succès. Les draps étaient poisseux de transpiration, et il avait tellement mal au crâne qu'il avait la sensation que ses yeux allaient s'éjecter de leurs orbites. C'était la mère de toutes les gueules de bois. Jamais, auparavant, il n'avait eu autant l'impression que ses cheveux poussaient à l'intérieur de sa tête. Et pourtant, des peignées, il s'en était mis quelques-unes, mais celle-ci les enterrait toutes. Il s'était habillé à la va-vite et était descendu en quête d'aspirine, d'un café, voire simplement d'un peu d'air pur. D'oxygène. De lumière du jour.

À chaque enjambée, le sang s'élançait vers ses tempes comme une vague qui viendrait se briser contre, provoquant des douleurs sourdes et régulières qui l'obligeaient à fermer les yeux. Le peu de salive qui lui restait semblait chargé à l'acide de batterie, et déglutir lui donnait l'impression de s'enfiler un bol de sauce piquante en guise de petit déjeuner. De l'eau, des litres d'eau, des seaux d'eau, c'était ça qu'il lui fallait, et *rapido* encore. De la flotte pour laver tout ça, pour passer au jet ce bordel ahurissant dans lequel ils étaient maintenant tous embringués.

Il venait juste de tourner dans la rue Saint-Denis, laissant derrière lui le massif Mozinor, monstrueuse ruche de béton futuriste qui paraissait toujours vide, quand il aperçut au coin du boulevard Aristide-Briand la façade du Soleil de Montreuil, son rade habituel. La promesse d'un café lui fit circuler le sang avec un peu plus de vigueur, et il sentit le soleil du petit matin lui réchauffer les os. Il augmenta la cadence, faisant claquer les talons de ses tiags sur le bitume. Impossible de rentrer chez lui comme ça sans avoir pris le temps de se poser, de reprendre ses esprits, sa respiration, et puis de toute façon, personne ne l'attendait.

« B'jour. »

Il salua l'inexistante cantonade d'un hochement de tête, sélectionna un œuf dur sur le petit présentoir en plastique orange sur le comptoir puis commanda un double express. Le patron le dévisagea un instant mais ne fit aucun commentaire sur l'état de ses vêtements ni sur sa mine pitoyable. Ça faisait longtemps qu'il connaissait Riton, et ce silence réciproque faisait partie intégrante de leur relation. Au moment où, après l'avoir séparé de sa coquille avec ses doigts crasseux et tremblants, l'œuf lui descendit dans le gosier, il réalisa à quel point il crevait la dalle. Son dernier repas digne de ce nom devait bien dater d'au moins vingt-quatre heures, maintenant, et avait consisté en une assiette de coquillettes froides avalées sur le coin de la table de la cuisine. Il avait arrosé le festin d'un Nescafé à l'eau du robinet (une de ses spécialités) et n'avait rien becté depuis, hormis une sérieuse quantité d'alcool. Le présentoir de plastique contenait encore cinq œufs. Il les avala l'un après l'autre, méthodiquement, ne se sentant réellement rassasié qu'après avoir fait descendre avec difficulté l'ultime bouchée blanchâtre tout le long de son tube digestif.

« J'peux avoir un calva, patron ? »

Il s'enfila le verre d'eau-de-vie cul sec puis alluma une clope. La combinaison de l'alcool frelaté et du tabac brun lui râpa le gosier. Son mal de tête lancinant s'éloignait peu à peu. Il avait fait les niveaux, ça allait mieux, il pouvait donc commencer à faire un rapide bilan et à gamberger aux heures, voire aux jours, à venir.

Côté passif, la situation était tout ce qu'il y avait de catastrophique :

Tout le fric investi dans la bagnole était parti en fumée sous les coups de chalumeau de Kamel, et il devait lui rester quelque chose comme dix sacs dans une boîte à sel chez lui, reliquat du pauvre pécule qu'il avait mis de côté pendant son séjour en tôle et dévoré en quelques semaines.

Par ailleurs, un futur ex-cadavre s'était évanoui sur les hauteurs de Montreuil et menaçait de revenir leur chatouiller les arpions à tout moment. Si on ajoutait à ça la possibilité que l'ensemble de ces événements puisse susciter la curiosité de la maréchaussée locale, on parvenait à un tableau assez complet mais plutôt sombre.

Riton avait beau chercher les hypothétiques aspects encourageants, rien ne venait…

Et puis d'un coup, ce fut comme s'il revenait à lui. Il se sentit presque léger, comme si tout ça ne l'atteignait qu'indirectement. Lâchant sa cigarette dans la sciure au pied du comptoir, il l'écrasa d'un talon paisible. Tranquille, Mimile, les emmerdes, il avait l'habitude. Entre les innombrables murges de son daron, les descentes de roussins suite aux torgnoles un peu trop appuyées de ce dernier, les visites de l'assistante sociale ou les innombrables renvois de l'école, du lycée puis du lycée technique, il avait eu son content de chieries. L'adversité était, peu à peu, devenue une compagne, une partenaire l'aiguisant au mal chaque jour un peu plus. Autant il avait pu être un cancre tout ce qu'il y avait de performant en matière de scolarité, autant, dans la vie de tous les jours, il paraissait se révéler et donner la pleine mesure de son intelligence au plus profond des pires mouscailles. Lorsque la vague noire le submergeait, il s'enfonçait doucement, mais dès lors qu'il sentait son pied entrer en contact avec le sol vaseux, la poussée lui venait spontanément. Il mettait alors le petit coup de talon salvateur qui le décollait doucement du fond, et, dans la foulée, lançait la machine à gamberge à toute vibrure. Il tirait des plans, élaborait, concoctait, goupillait, contrecarrait, envisageait, échafaudait, bâtissait, et, peu à peu, la surface de l'eau réapparaissait et avec elle la possibilité de se sortir la tête de là et de reprendre une immense goulée d'air.

Ce qu'il lui fallait, là, tout de suite, il le savait, c'était de l'artiche. Il pouvait encore bricoler deux trois jours avec ce qui lui restait au fond des poches et dans sa tirelire de fortune, mais il ne tiendrait pas bien longtemps. Lentement, il fit défiler son agenda intérieur, page après page, et s'arrêta à la colonne des J. Un sourire gourmand se dessina sur son visage fatigué. Il avait repéré ce qu'il cherchait, le pigeon idéal pour une petite embrouille tout ce qu'il y avait de pépère et potentiellement lucrative. Restait juste à localiser l'oiseau, mais pour ça il avait sa petite idée. Fouillant au fond des poches de son jean, il y grappilla la mornifle nécessaire qu'il jeta sur le comptoir, quitta le troquet d'un pas décidé puis remonta le boulevard Aristide-Briand d'un bon pas. Juste après le marchand de journaux, il s'arrêta devant une porte en bois branlante qu'il ouvrit d'un petit coup sec de la pointe de sa botte. Elle s'entrouvrit en grinçant, révélant une entrée d'immeuble sale et sombre. Une ampoule jaune pendouillait depuis le plafond, éclairant à peine le début d'un escalier. Riton grimpa les marches à la volée jusqu'au deuxième étage. Ça sentait le rance et les remugles de cuisine de la veille. Il n'y avait qu'une porte sur le palier, qu'il poussa le plus délicatement possible. La pièce était sombre, mais il ne prit pas la peine d'allumer la lumière. Il s'enfila le reste de baguette qui traînait sur la table de la cuisine puis passa directement à ce qui tenait lieu de salle d'eau. Les yeux rougis et cernés, les joues grises d'une barbe naissante, son reflet dans la glace embuée et écaillée faisait peine à voir. Sous la douche, il laissa l'eau couler longtemps histoire de laver tous les restes de la nuit, de faire le propre. Il se rasa, enfila un tee-shirt blanc, un jean propre et ses bottes et referma la porte de l'appartement derrière lui.

Au fond d'un petit couloir, une autre porte donnait sur une cour pavée envahie de vieux matelas, pièces détachées d'automobiles, carcasses de mobylettes et ferrailles en tout genre. Dans un coin, soigneusement attachée à une gouttière par une chaîne d'un diamètre respectable gainée d'un tuyau d'arrosage translucide, dormait une Gitane Testi Champion bleu électrique. La reine des meules, la patronne des mobs. À mi-chemin entre une roulette de dentiste amplifiée et une scie circulaire enrouée, tout le monde dans le quartier savait que Riton était dans le coin quand le grésillement caractéristique du pot de détente de sa bécane tronçonnait le silence. Elle lui venait d'un lascar qui n'avait trouvé que cette offrande pour effacer une dette de jeu qui s'était éternisée. La mob était quasi neuve, et Riton s'était contenté de virer le carénage, superflu à son goût, et de resserrer un poil les guidons bracelets réglables, la touche de classe indispensable. Il défit le cadenas et enroula la chaîne qu'il posa derrière le tuyau rouillé de la gouttière, puis poussa la bécane silencieusement jusqu'au trottoir. Un coup de kick lança le deux-temps qui hoqueta une ou deux fois avant de se stabiliser. Riton enfourcha l'engin et piqua des quatre fers vers le bas Montreuil, direction Vincennes, l'hippodrome.

Il dévala le boulevard Aristide-Briand nez au vent et poignée dans le coin. Il n'aimait rien tant que l'odeur d'huile cramée que balançait le petit deux-temps italien. C'était encore meilleur qu'une gauldo au réveil. S'éloignant de Montreuil, grillant feu rouge après feu rouge, il finit par rejoindre le bois de Vincennes et s'enfila la route de la Pyramide à toute blinde. Si ce n'étaient les misérables Estafette à rideaux des radasses en train d'éponger le micheton, on se serait presque cru à la campagne. Comme à chaque fois qu'il était sur sa bécane, il avait une chanson de Cochran en boucle dans la tête. « Cut Across Shorty », ça s'appelait. Pour tout dire, il avait d'abord connu la version de Johnny : une histoire de péquenauds qui faisaient la course pour choper une meuf. Johnny foutait des « ouh » et des « ouais » partout, mais le morceau en français s'appelait « Cours plus vite Charlie », et, franchement, Riton trouvait l'histoire super con : le mec a une caisse de frime et se fait étaler par un plouc qui court pieds nus. Franchement, n'importe quoi. Et puis un jour, par hasard, il était tombé sur la même chanson à la radio. La même, mais sans le piano pourri, avec juste une guitare toute sèche et une batterie de rien du tout. Et surtout, la voix de Cochran, cette voix qui n'avait besoin de rien, qui te parlait à toi directement, même si tu pigeais que dalle à l'anglais. Cette voix qui faisait passer instantanément Johnny pour ce qu'il était vraiment, un clown amusant au pays du rock'n'roll, du vrai, où les chanteurs ont des voix de méchants sans avoir besoin de rajouter des cris de train fantôme à deux francs. Du coup, il avait écumé les puces et les brocantes, accumulant méthodiquement tous les disques du rocker sur lesquels il mettait la main. Des originaux aux compilations, il avait tout, ou presque. Il aimait les autres aussi, bien sûr. Elvis, Chuck Berry, Vince Taylor, et aussi les plus récents Crazy Cavan, Matchbox. Mais le seul qui lui parlait à lui, rien qu'à lui, resterait toujours Cochran.

Après avoir aperçu Johnny en passant devant l'hippodrome, Riton avait garé sa bécane assez loin de l'entrée principale, à l'abri d'un buisson, dans le bois.

« C'est pas la question de faire le lèche-cul. Mais mate-moi ce beau modèle, là-bas. Il te fait pas envie, lui ? » D'un coup de menton discret, il désigna un homme dans la fleur de l'âge coiffé d'un chapeau mou un peu trop petit pour lui, qui, crayon à papier en main, cochait méthodiquement des cases dans son *Paris Turf*. Johnny balaya du regard la foule des parieurs et s'arrêta sur le pigeon. Il ne répondit même pas, se contentant de ressortir son journal froissé de la poche de son imper, faisant mine de s'éventer avec la feuille de chou. Riton reçut le signal cinq sur cinq. Le cirque pouvait commencer.

Les deux comparses se mirent en marche en direction du père de famille, se tenant par le bras et soutenant une conversation *mezza voce*. Ce dernier, perdu parmi la foule des parieurs, ne les vit pas venir, mais entendit, lorsque les deux hommes passèrent à sa hauteur, quelques bribes de leur échange à la volée. Il y était question de gains énormes, d'un coup impossible à laisser passer mais d'un manque de fonds ponctuel bien embêtant.

« Excusez-moi, messieurs ! Navré de vous déranger, mais puis-je vous poser une question ?

— Écoutez, rapidement alors, nous sommes

pressés, répondit Johnny sèchement, chiquant au mec débordé.

— Je comprends, je comprends. C'est juste que j'ai cru comprendre que vous étiez du métier ?

— Oui, on pourrait dire ça… »

Endormir le cave fut un jeu d'enfant, il n'attendait que ça. Après s'être tous trois éloignés du terre-plein, ils lui firent le grand numéro du tuyau parfait mais « extrêmement confidentiel », du canasson exceptionnel et du jockey qui ne l'était pas moins. Du billard, du velours, qu'on vous dit, mais à saisir rapidement et à ne surtout pas divulguer, une information pareille ne se présentant que très, très rarement. L'ahuri sortit son morlingue comme on va à confesse : pas complètement persuadé de la démarche mais avec la certitude d'être récompensé pour sa bonne action. En temps normal, les compères lui auraient expliqué que, compte tenu de la confidentialité de l'affaire, ils préféraient aller eux-mêmes placer la mise, qu'il était vraiment impossible qu'il les accompagne et se seraient trissés avec l'oseille, mais ce jour-là, Riton était pressé.

« Johnny ? »

Le flambeur transalpin se retourna.

« S'qu'y a ?

— Vraiment désolé, mon pote. »

Riton décocha un coup de boule appuyé au bourgeois, lui arrachant le maroquin plein à craquer dans la foulée.

« Eh, mais arrête ! Ça se fait pas !… »

Johnny n'avait rien vu venir et s'étouffait de rage, multipliant les moulinets de ses bras courts. Riton le jeta violemment au sol, manière de le disculper aux yeux des pékins alentour, et s'arracha, fendant la foule en jouant des coudes. Assis par terre, le père de famille, hébété, épongeait le sang qui coulait de son nez maintenant de guingois. Il ne parvint même pas à crier « au voleur ». Johnny, assis par terre, ne pouvait que répéter : « Quel enculé. Quel petit enculé d'sa mère ! »

Riton, lui, courait. De toutes ses forces. Et riait tout pareil. Il riait en repensant à la tête du bourgeois le cul par terre, il riait parce qu'il venait de balancer le portefeuille dans un buisson après l'avoir soulagé de son contenu et que le père de famille avait vu grand : deux ou trois Pascal tout craquants, une belle collection de billets de cent et de la mornifle en pagaille. Riton riait parce qu'il venait de passer, assez facilement, de carrément fauché à totalement blindé, parce qu'il faisait beau en ce matin de mai au bois de Vincennes, parce qu'il avait à nouveau la dalle et qu'il allait se taper un demi et un Paris-beurre en terrasse. La nuit précédente lui parut soudain bien loin.

C'est sûr, tout allait bien se passer.

LA QUEUE DU MICKEY

Jean-Claude, de retour de sa pause déjeuner au café du coin, s'était assis sur un petit muret et fumait sa clope en se chauffant au soleil. Sa jambe lui faisait mal. Les médocs que le toubib de l'intercommunal lui avait refilés un peu plus tôt semblaient ne plus agir, et la douleur revenait, lancinante, calée sur les battements de son cœur. Finalement, la séance de réparation à l'hosto ne s'était pas trop mal passée. Il faut dire que, suite à l'incendie d'un appartement au Bel-Air la nuit précédente, le personnel avait d'autres chats à fouetter en ce début de semaine. En conséquence, ils avaient traité comme il se devait la guibolle de Jean-Claude : avec professionnalisme mais sans prêter plus attention aux circonstances. Quatorze points de suture, sans trace de fracture. Il avait eu du bol. Il boitait un peu, mais ça en jetait.

Pour justifier son arrivée tardive et claudicante à la supérette où il officiait en tant que magasinier depuis presque un an, il avait expliqué à son patron qu'il s'était fait renverser par une voiture sur le chemin du boulot, ce matin-là. Le taulier, habitué aux innombrables craques de son employé, n'en avait pas cru un mot mais avait fait comme si : adepte de la paix sociale dans son petit bouclard de quartier, il était prêt à avaler toutes les couleuvres imaginables au nom de cette dernière. Il faut dire aussi qu'il redoutait les colères homériques de Jean-Claude, toujours prêt à chiquer à l'injustice à la moindre occasion et capable de déchaîner une violence assez exceptionnelle. Et quand Jean-Claude devenait violent, il y avait assez peu de candidats pour calmer le jeu. Dernière raison bien moins avouable à ce mutisme patronal : c'était parce qu'il tringlait occasionnellement la mère de son employé dans la réserve du magasin qu'il avait accepté, pour rendre service à cette dernière, d'embaucher l'emmanché. Vivant dans un désordre tant intérieur qu'extérieur depuis toujours, Jean-Claude s'était assez vite révélé être le parfait boulet, infoutu de ranger la moindre boîte de conserve dans le bon rayon, et ne conservait sa place de glandeur professionnel que parce que son patron vouait une passion irrépressible au cul de sa génitrice.

Mais la douleur dans sa jambe n'était pas la seule à revenir le hanter peu à peu. Les événements de la nuit remontaient eux aussi à la surface, et, malgré la ferme mise au point de Riton, tout ce bazar surnaturel continuait de le torturer. Il avait toujours fait aveuglément confiance à son pote, aucun doute là-dessus : quand Riton parlait, Jean-Claude écoutait. N'empêche que là, y avait un lézard. Il le savait bien, lui, que le lascar était mort, vu qu'il était juste à côté de lui quand ils s'étaient bouffé le mur. Tout raide qu'il était. Très, très mort. Et cette disparition, ben il la digérait toujours pas. Du coup, ça tournait et retournait dans sa caboche, toutes les salades à sa daronne : les diables tout fourchus et cornus, les esprits frappeurs qui reviennent te chatouiller les pieds, les morts-vivants qui te laissent jamais en paix, ni la nuit ni le jour.

Il balança sa clope dans le caniveau. Le dos de sa chemise était trempé. Il aurait voulu parler de tout ça à quelqu'un, trouver des mots pour batailler contre la terreur blanche qui l'envahissait par vagues. Mais Riton avait été formel : chacun chez soi jusqu'à dimanche. Et pas d'embrouilles.

D'un coup sec, il poussa la porte de la petite pièce au fond du magasin qui faisait office de réserve et de vestiaire pour les employés, décrocha sa blouse grise du portemanteau branlant et l'enfila avec des gestes lents. Se saisissant d'un cutter usé qui traînait sur une étagère métallique, il se dirigea d'un pas élastique vers une pile de cartons de lait sous plastique entassés sur une palette au fond de la pièce mal éclairée.

« Hé, salut, grand ! Kess tu branles ? »

La voix, tout à la fois éraillée et fluette, semblait sortir de la pile de cartons.

« Ah, salut, Rouquin, j't'avais pas vu. Michto la coiffure.

— Ah ouais, t'avais pas vu ? Ça m'a pris du temps, c'matin. J'l'ai travaillée à la gomina et au sucre, comme les anciens. »

Le type à qui s'adressait Jean-Claude était adossé au mur du fond. Il portait la même blouse grise que lui mais n'avait pas pris la peine de la boutonner, et elle pendouillait, révélant une chemise à carreaux. De petite taille, les jambes sanglées dans un jean délavé et chaussé de santiags marron, il avait le visage grêlé d'un étrange mélange d'acné et d'innombrables taches de rousseur. Ses cheveux étaient soigneusement coiffés en « queue de canard », et il arborait une paire de rouflaquettes mahousses. L'ensemble était d'un roux-orange flamboyant assez peu courant sous les cieux montreuillois. Il s'avança dans la lumière, sourire aux lèvres. Jean-Claude aimait bien le Rouquin. Ils se serrèrent la louche avec énergie.

Il va sans dire que la combinaison de sa petite taille et de son impressionnante chevelure avait valu au Rouquin, dès son plus jeune âge, un bon paquet de séances de quolibets et tout un tas de moqueries. De « Poil de carotte » à « on t'a tiré dessus au fusil à merde » en passant par les inévitables « rouillé » ou « rouquemoute », il les connaissait à peu près tous au point qu'il arrivait presque à les anticiper. Au début, il s'était contenté de regarder ses pieds, geste de soumission assez classique en milieu urbain pour qui souhaite éviter que les choses ne dégénèrent. Mais constatant que les embrouilleurs croissaient et multipliaient, leur en voulant à chaque fois un peu plus, il avait fini par se décider à agir. « L'adversité est une école de courage, mon petit », lui avait dit un jour un dirlo d'école qui venait de le ramasser piteux et morveux au fond de la cour, après l'habituelle séance de vannes pourries suivie de la non moins inévitable dérouillée. Le Rouquin l'avait regardé bien en face, de l'air de celui qui a finalement compris la leçon, puis avait remonté ses manches et, après avoir sèchement repoussé le compatissant représentant de l'Éducation nationale, était retourné au fond de la cour foutre une branlée mémorable au meneur de la bande sous les yeux de ses complices terrifiés et les aboiements du directeur. Il l'avait fini à coups de saton dans les joyeuses, à la vicieuse. Depuis ce jour-là, le Rouquin ne laissait plus jamais passer une occasion de se faire justice, prenant même un malin plaisir à rappeler à ses victimes que ses cheveux c'était « que du naturel, hein ! », avant de leur mettre le compte.

« Alors, ça y est, c'est bon ? Tu l'as touchée, ta caisse ? C'est quand qu'on se fait une virée ? »

Pris de court par la question, Jean-Claude eut, l'espace d'un instant, l'envie irrépressible de s'épancher, de tout balancer, histoire de partager ce qui le tarabustait depuis le matin, mais se rappelant les consignes de Riton, il grommela une réponse inaudible.

« De kwa ? » insista le Rouquin.

Jean-Claude se racla la gorge. Ça n'allait pas suffire.

« Ben, tu vois, on a eu un genre d'embrouille avec des manouches, du côté du Bel-Air, hier soir. Du coup, on a été comme qui dirait obligés de s'arracher un peu rapide avec la bagnole et on a cartonné. Et comme les papiers étaient pas encore faits, on l'a planquée à la cité, à côté du cimetière. On sait pas encore c'qu'on va en faire, mais c'est mort pour l'instant. On peut plus y toucher. Trop chaud, tu vois.

— Ah ouais, d'accord. La bonne galère, quoi. C'étaient qui les Gitans, des qu'on connaît ? Et la chiotte, comment vous allez faire pour la récupérer ?

— Les mecs, on les connaît pas trop, éluda Jean-Claude, et puis franchement, pour la caisse, je sais pas trop, là. Riton y dit que ça craint trop de la faire rouler pour l'instant, et qu'il vaut mieux qu'on attende un peu pour la bouger. Il a p't'être un pote qui pourrait nous gratter le numéro de châssis, histoire de remagouiller une carte grise toute neuve. Mais chais pas trop. »

Compatissant, le Rouquin hocha la tête.

En quête d'une diversion, Jean-Claude balaya la pièce du regard, s'arrêtant sur les portemanteaux, derrière la pile de cartons.

« C'est quoi sur ton zonblou ? Le machin, là, le drapeau ?

— Ça, sur la manche ? répondit le Rouquin. C'est la classe, hein ? Ben c'est un drapeau confédéré, tu vois. Un truc d'Amerloque, du Sud. C'est les couleurs des mecs qu'aiment le rockabilly, là-bas, et avec les autres mecs de Daumesnil, on en a fait comme qui dirait nos couleurs à nous, crâna-t-il. À cause de ça, l'aut'jour, on s'est fait prendre la tête par des lascars à Nation. Y disaient comme quoi que c'était un truc de racistes. Genre les mecs du Ku Klux Klan qui brûlent les renois ou chais pas quoi. Bouboule ça lui a pris la tête, rapport que c'est le seul renoi d'la bande et que, franchement, se faire casser les couilles et traiter de raciste par des p'tites baltringues, c'était trop pour lui. Du coup, ça l'a vraiment énervé. T'aurais vu comment il avait la rage ! Il les a bien défoncés. On pouvait plus l'arrêter, tu vois. Franchement, nous, des racistes, faut pas déconner, hein ! C'est pour la musique qu'on met ça. T'façon, les autres, là, c'étaient que des p'tits bourgeois, des branleurs d'étudiants, des pédés, quoi. J'peux t'dire qu'on les a bien défoncés », ricana-t-il.

Face à ce discours mêlant conscience de classe et questionnement identitaire, Jean-Claude se contenta de hocher la tête, manière de saluer la pertinence de l'analyse, puis enchaîna :

« T'as déjà été à la foire du Trône, c't'année ? »

« La vache, y a du peuple, ce soir.

— Tu m'étonnes.

— Je boufferais bien un truc, moi. »

Ça sentait la frite à l'huile de vidange et la barbe à papa. L'air était doux, il faisait encore jour mais les lumières clignotantes et gueulardes des manèges appelaient la nuit de toutes leurs forces. Les patrons de la grande roue, des montagnes russes et autres manèges à sensations garanties s'époumonaient dans leurs sonos crachotantes : « Par ici, par ici, les petits et les grands. Venez goûter au grand frisson, messieurs dames. Accrochez-vous, ça va valser ! Âmes sensibles et cardiaques s'abstenir ! », et autres conneries sur mesure ressassées à satiété. Ça gueulait, klaxonnait, bonimentait à qui mieux mieux, histoire d'aguicher le chaland, de l'alpaguer jusqu'à ce qu'il sorte les thunes de ses fouilles et qu'il se cale au fond du petit wagonnet rouillé qui l'emmènerait au paradis des forains.

Le Rouquin et Jean-Claude avançaient dans l'allée centrale, nez en l'air et babines de carnassiers retroussées, roulant des mécaniques comme deux cow-boys montreuillois en visite touristique dans le Val-de-Marne. Ils suaient abondamment sous leurs blousons de cuir respectifs. C'est sûr, il faisait un peu chaud, mais la classe, ça se payait. Ils balayèrent d'un regard narquois la file de mecs qui attendaient de tester leur force au jeu du coup de poing. Après chaque direct lâché avec le plus de puissance possible, le sac de cuir du punching-ball électrique redescendait d'un coup sec, accompagné, au choix, d'un ricanement de sorcière strident ou d'un tonnerre d'applaudissements tandis que s'affichait « Essaye encore » ou « Champion du monde ».

« P'tites bites, lâcha Jean-Claude entre ses dents.

— Tu m'étonnes, acquiesça le Rouquin.

— Où qu'y sont, les autres ?

— Aux autos tampons, d'habitude. Sans ça, à la baraque à frites qu'est sous le super grand huit. Celui qu'est bien craignos. Tu vois ? »

Jean-Claude voyait.

Ils prirent l'allée de droite et aperçurent, au loin, le stand des autos tamponneuses. Tout autour du manège, une foule disparate allait et venait. On achetait son ticket, glace dégoulinante à la main, on montait et descendait des petites bagnoles aux couleurs criardes en se poussant et en se marrant. Des familles nombreuses, et au grand complet, habillées en dimanche, faisaient la queue au guichet, tandis qu'un imposant groupe de jeunes mectons, en costard pattes d'ef et grands cols, alignés comme à la parade le long de la piste, mataient les petites meufs à s'en faire sauter les globes oculaires.

Un peu plus loin, à l'abri des regards derrière la cabine du vendeur de tickets et affalés sur un banc au bord de l'effondrement, une petite bande d'une dizaine de garçons et de filles regardait passer le chaland, enchaînant bières et cigarettes à un rythme soutenu. Ils étaient tous là. La bande de la Porte Dorée au grand complet. Du plus craignos au plus couillon.

Sergio, avec sa larme tatouée au coin de la paupière droite et sa paire de bottes allemandes, Poulidor, baptisé ainsi du fait de sa maîtrise de la chaîne de vélo dans le combat de rue, la Biglouche, avec ses yeux comme des billes de mercure derrière ses culs de bouteille, Patrick le rigolo, Tintin et sa mini-banane, Petit Fifi, Jo, Fred… Et puis les meufs, emballées dans des jeans les laissant à peine respirer, la queue-de-cheval sautillant à chaque mouvement. Esther qui bossait au Prisu de la Nation, Sylvie bouffeuse de chewing-gum devant l'Éternel, fraîchement expulsée du système scolaire pour insolence récurrente et ignorance crasse, ou encore Marie-Christine, apprentie coiffeuse aux formes avantageuses, réputée pour son talent à chauffer les proies repérées par les garçons en quête d'une embrouille pour tuer le temps. Un peu en retrait, collés contre le mur d'un Algeco, dans le noir, Grand Bob et la Petite Cath se roulaient des pelles comme si leur vie en dépendait. Tout autour de la grappe humaine toute de jean et de cuir vêtue, s'étendait une sorte de *no man's land* seulement rempli d'emballages de confiseries, de mégots et de canettes de bière. Le passant, quand il apercevait le groupe de jeunes au loin, gardait ses distances et, nez baissé, faisait de son mieux pour ne croiser aucun regard.

Du banc monta une voix éraillée et moqueuse.

« Eh, les gars, dicave les deux narvalos qui s'radinent ! Alors, les fiottes, on se tient par la main ? C'est qui qui fait la gonzesse, au pieu ?

— Vas-y, ferme ta gueule, Sergio », répondit le Rouquin souriant en se dirigeant vers la bande.

On enchaîna serrages de louches pour les mecs et embrassades pour les gonzesses, puis on se cala, peinards, qui sur ce qui restait de banc, qui sur la poubelle à papier bringuebalante et remplie ras la gueule de barquettes de frites vides barbouillées de mayonnaise et de ketchup.

« Vous faites quoi, les gars ? questionna Jean-Claude.

— Ben, tu vois, hein ! lui répondit un brun aux impressionnantes rouflaquettes répondant au surnom de Grand Gilles. On s'est tapé des bières, on a été mater un peu les manèges, et là, ben, on se repose tranquille en se tapant des bières et en matant les manèges. Mais de plus loin.

— Ah ouais, en gros : vous vous tapez des bières, acquiesça Jean-Claude, l'œil dans le vague. Et y en a encore, des mousses ? se hasarda-t-il.

— Tranquille, mon pote, on a tout ce qui faut. Et j'vais t'dire, même mieux que ça : y a Poulidor qu'a gratté la glacière à sa daronne, du coup, ben elles sont fraîches.

— Ah ouais, trop bien », approuva à nouveau Jean-Claude, s'acharnant avec son briquet sur la bouteille de Valstar glacée.

Les bières tournèrent, les clopes s'enchaînèrent et la soirée avança doucement, remplie de vannes, de regards en coin et de claques taquines. On s'emmerdait tranquillement mais tous ensemble. Jean-Claude respirait un peu. Le souvenir de la nuit précédente, sans disparaître complètement, lui laissait de plus longues périodes de répit. C'était cool d'être là, avec les potes, à rien foutre, juste à se fendre la gueule. Après tout, peut-être bien que le mec s'était contenté de calter et qu'ils n'entendraient plus jamais parler de lui. Ouais. Sûrement. Ça allait s'arranger. Il commençait à y croire un petit peu. Les noires pensées s'éloignaient, il se sentait presque d'humeur légère. Voire taquine.

D'un coup, il cessa de rêvasser et sa bouche dessina un sourire gourmand. Plantant son coude dans le flanc du Rouquin, il releva le nez, lui indiquant la route un peu plus loin.

« Téma c'te paire de baltringues. Attends, on va se marrer… »

Le Rouquin leva le nez de sa bière. Entre les autos tamponneuses et la baraque à frites, un couple de punks, main dans la main et inconscient du danger imminent, s'avançait vers la bande de rockers. Le garçon devait avoir à peine dix-sept ans et la fille probablement encore moins. Cheveux hérissés sur une tête de fouine, il portait un perfecto pratiquement neuf au col recouvert de badges, ouvert sur un tee-shirt rouge déchiré. Un jean blanc serré et couvert de taches de peinture s'enfonçait dans une paire de rangers fatiguée. La fille n'était habillée que d'une chemise blanche trop grande remplie de noms de groupe griffonnés au marqueur, de collants noirs troués et chaussée de talons aiguilles noirs eux aussi. Ils avaient, tous les deux, un sac en plastique fripé à la main qu'ils se collaient au bec par intermittence.

« Allez, en piste. »

Jean-Claude se leva de son bout de banc, s'étirant lentement, puis fit craquer les articulations de ses mains. D'un pas souple et paisible, il se dirigea vers le couple. Le punk venait tout juste de repérer la bande de barlous et semblait danser sur place, hésitant entre prendre la tangente ou tenter le passage en force le plus vite possible en regardant par terre, l'air de rien. La punkette, elle, se pelotonnait contre lui, s'en remettant au destin et à son mec, la question de la fuite se posant de moins en moins au fur et à mesure que Jean-Claude approchait. Il finit par les rejoindre et, voix mielleuse et lippe retroussée, les aborda en douceur.

« Alors, les amoureux, on s'balade ?

— Ben, heu, ouais, tu vois, quoi », bafouilla doucement le hérisson d'un ton qui se voulait arrangeant.

Le sourire de Jean-Claude s'effaça instantanément, et il retrouva son rictus carnassier habituel.

« Ah mais escuse-moi, mon pote, on se tutoie, là ? On se connaît, toi et moi ? Hein, dis, on se connaît ? »

Le môme avait senti le vent tourner d'un seul coup. Il pâlissait à vue d'œil. La tempête de merde arrivait sur zone ! Jean-Claude enchaîna :

« Ben tu vois, moi, j'suis pas sûr de t'connaître. Nan, pass'que des mecs dans ton genre, je crois pas que j'en connaisse, hein. T'as vu comment t'es habillé, là ?! T'as vu tes ch'veux ?! Hé, Rouquin, nan mais t'as vu comment il est fringué, le gadjo ? C'est carnaval, mon frère ! Et puis dis-moi : c'est ta bouche, là, qui sent comme ça ? Franchement, tu pues tellement d'la gueule qu'on se croirait au magasin d'vélos d'la Croix-de-Chavaux, là. C'est quoi, dans ton sac tout pourri, là ? Hé, tu fais voir ? »

Joignant le geste à la parole, il bouscula sèchement le rebelle urbain, lui arrachant le sac de colle à rustine des mains. Ce dernier, perdant l'équilibre, repoussa Jean-Claude d'un geste maladroit et désespéré, agrippant le col de son manteau maladroitement.

« De kwa ?! »

Le loubard se jeta en arrière, comme s'il avait été mordu par un serpent. Derrière, la bande se fendait la gueule, attendant avec gourmandise la suite des événements.

« Eh, mais tu m'as touché, là ! Hein, Rouquin, j'ai pas rêvé ? Y m'a touché, hein ?

— Vu d'ici, moi, je dirais qu'il t'a touché. Ouais. Et franchement, ça se fait pas. »

Le rouquemoute penchait la tête, frottant le coin de ses yeux entre le pouce et l'index, lentement, de l'air de celui qui mesure la gravité de l'événement.

« À mon avis, il est pédé, continua Jean-Claude. Quand tu touches les hommes, comme ça, c'est qu't'es pédé, lâcha-t-il, sentencieux. Dis, t'es pédé mon gars ? Hein ?

— Euh… Non, non. Mais non », objecta le nihiliste.

Jean-Claude, scrutant la pointe de ses bottes les yeux mi-clos, fit mine de réfléchir quelques secondes, puis, d'un geste souple, attrapa fermement le punk par le col de son perfecto et colla son visage contre le sien. Nez à nez. Il ne rigolait plus du tout.

« Faut jamais me toucher, t'entends ? Jamais !

On me touche pas, moi. Tu comprends ça, enculé, tu comprends ça ? »

Plus il éructait, plus il soulevait le punk, au point que les rangers de ce dernier décollèrent du sol poussiéreux. Pour finir, Jean-Claude le relâcha, lui collant dans la foulée une gifle retentissante du revers de la main droite. Ses bagouzes lui entaillèrent la pommette d'un coup sec. Derrière eux, la punkette se mordait la main pour ne pas hurler, sanglotant silencieusement. Le gosse tituba, essuyant tant bien que mal le sang qui coulait de sa joue. Jean-Claude, tel le toréador, attendait le moment propice pour porter l'estocade. Se rapprochant à nouveau de sa victime, il lui passa doucement un bras autour du cou et s'adressa à lui d'une voix mielleuse.

« Allez, excuse-moi si j'me suis énervé, hein... Nan mais franchement, des fois j'me contrôle plus, tu vois. Mais là, c'est fini. On va être potes toi et moi. J'voulais t'dire, d'ailleurs, il est joli ton cuir. Franchement, c'est d'la balle. C'est ta maman qui te l'a acheté, hein, dis ? Nan, pass'que tu sais que, quand on porte un blouson comme ça, mon fils, y faut l'assurer ? Tu le sais, ça, hein ?

— Euh. Oui, j'comprends. C'est sûr. C'est logique, gargouilla le punk.

— Donc, moi, ce que j'te propose, c'est qu'on se

fasse ça à l'ancienne, genre, juste toi et moi, comme des hommes, en face-à-face ? Rien qu'une petite baston contre un blouson, ça vaut, non ? »

Incapable de trouver le moindre argument pour décliner l'invitation, l'adepte du chaos et de la destruction rentra la tête dans les épaules, se préparant à l'imminente autant qu'inévitable correction.

« Vas-y, Jean-Claude, défonce-le !

— Nique-lui sa race à ce p'tit enculé d'sa mère ! »

Derrière eux, la bande manifestait son enthousiasme à grand renfort de sifflets et d'encouragements. Se levant les uns après les autres, ils formèrent, peu à peu, un cercle autour des deux garçons et de la fille un peu en retrait.

Autour d'eux, les passants passaient, nez en l'air, indifférents ou craintifs.

Jean-Claude se mit à tourner autour du punk, lentement au début, puis de plus en plus vite. À chaque nouveau tour, il lui flanquait une petite claque sèche sur le dessus du crâne.

« Mais vas-y, la putain de ta mère ! Allez ! Défends-toi, baltringue. »

L'autre se protégeait du mieux qu'il pouvait, incapable de la moindre riposte, faisant tout son possible pour préserver un équilibre de plus en plus précaire. La bande ponctuait chaque gifle d'un « Olé ! » sonore.

Pour finir, Jean-Claude s'arrêta de tourner et, oubliant sa blessure, lança sa jambe rafistolée en avant au ras du sol, cueillant son adversaire juste sous les tibias.

« Vas-y la balayette de sa mère la pute ! » apprécia une voix derrière eux.

Le nez dans la poussière, la proie était, finalement, à la merci de son prédateur. Grand seigneur, ce dernier ne fit aucun commentaire, se contentant d'attraper les deux manches du perfecto et de tirer dessus en douceur. Poussiéreux, titubant et délesté de son blouson, le vaincu se releva péniblement, clopina jusqu'à sa copine qu'il prit par le bras. Le cercle s'écarta pour les laisser passer, non sans leur distribuer quelques petites claques à la volée, pour la forme, un des voyous leur arrachant au passage les deux sacs de colle. Jean-Claude, tout à sa gloire, rejoignit la bande et savoura son triomphe. Il ouvrit une bière, s'alluma une clope, et tous détaillèrent la prise de guerre : un perfecto quasi neuf, ça coûtait un bras, ça. S'il ne décidait pas de le garder, il trouverait sûrement un cave à qui le refourguer moyennant finance sous un pont à Saint-Ouen, le week-end prochain. On fit tourner les sacs de colle à rustine, on enquilla méthodiquement bière sur bière, puis, la nuit avançant au même rythme que l'alcoolémie collective, on finit, titubants, par lever le camp et tracer qui vers le métro, qui vers les mobs garées à l'orée du bois. La soirée avait été bonne, le bois de Vincennes sentait l'herbe mouillée. Tout le monde se marrait dans la douceur de la nuit.

Personne ne prêta attention au type qui, planqué dans l'ombre de la baraque à frites, ne quittait pas Jean-Claude des yeux.

Encore moins au J7 Peugeot gris garé un peu plus loin, moteur au ralenti.

TILT !

« Y a quelqu'un ? »

Nono avait balancé ses clés dans la petite coupelle posée sur le buffet en formica de l'entrée, comme à chaque fois. Dans l'appartement, ça sentait le Nescafé, le pain grillé et l'after-shave de mauvaise facture, signe que ses parents étaient partis au boulot ou en vadrouille il y avait peu de temps. Quant à ses deux frangins, ils étaient qui en cours, qui Dieu sait où pour y faire Dieu sait quoi.

De toute façon, lui, il s'en foutait. Il voulait juste se coller au pieu et pioncer quelques heures.

Après avoir quitté ses potes le matin, il était rentré tout droit chez lui, au Bel-Air. Il habitait avec ses parents et ses deux frères cadets dans un petit appartement de la cité, que la Ville avait fini par attribuer à la famille juste au moment où les huissiers menaçaient de passer aux choses sérieuses en matière de récupération d'impayés.

Ils avaient vécu jusque-là dans un pavillon fatigué du côté des murs à pêches, entourés d'autres familles plutôt nombreuses. Des poules, méchantes comme des teignes du fait d'un régime alimentaire improbable, y disputaient un bout de jardin pelé à un vieux clébard à la langue éternellement pendante suite à un coup de pied un peu trop appuyé. Son daron avait même bricolé un jour un genre de clapier pour les trois lapins dans la carcasse d'une Simca Aronde qui pourrissait là depuis des lustres. Le potager de sa mère, lui, prospérait tranquillement, planqué derrière un mur d'appareils électroménagers éventrés en tout genre et, si ce n'était le foutoir mécanique permanent et savamment entretenu par les activités de son paternel, on aurait pu se croire dans un petit coin de campagne bien peinard. Sauf que, à la mairie, l'édile avait fini par en avoir marre de ces romanos qui vivaient à ciel ouvert, de ces caravanes amassées à la va-comme-je-te-pousse, de ce boxon fumant, criard et coloré. Ce d'autant plus qu'un branchement électrique un peu hasardeux avait été à l'origine d'un début d'incendie un soir de printemps, et que les vaillants soldats du feu avaient été accueillis un peu fraîchement par les habitants, ces derniers arguant de l'imprescriptible respect de leur vie privée et du fait « qu'y pouvaient très bien se débrouiller tout seuls, merde quoi » par ailleurs.

À la suite du fait divers et après d'innombrables tractations de toute nature entre les différents protagonistes, la municipalité avait fini par réussir à expulser une bonne partie de ce petit monde et à le reloger dans des appartements flambant neufs équipés de tout le confort moderne. Sauf que, le confort, l'ensemble de la famille en avait rapidement fait le tour, et qu'une fois les sanitaires dernier cri inaugurés et les frigos vidés, le regret des soirées merguez et des parties de brèmes avec les voisins avait bien vite pris le pas sur les charmes de l'ascenseur ou du robinet mélangeur. Nono s'était toujours dit que son daron était un fieffé connard jusqu'alors, mais que le déménagement et la vie en appartement avaient définitivement aggravé cet état de fait.

Il balança ses santiags dans un coin de la piaule et entassa ses fringues sur la vieille chaise au bout de son lit, puis s'effondra sur ce dernier en lâchant un long soupir de soulagement. Sauf que le sommeil tant espéré avait fait des mines. Il s'était fait désirer, le bougre. Nono s'était tourné et retourné, enfonçant son oreiller à coups de poing et suant abondamment dans des draps qui prenaient un malin plaisir à s'entortiller autour de ses cannes. Incapable de pioncer, il avait fini par se relever pour en griller une à la fenêtre. Puis s'était traîné jusqu'au salon, avait allumé la télé et l'avait éteinte aussi sec. Trop con. Une autre clope et retour au pieu. La tête lui tournait un peu, mais cette fois-ci le sommeil lui était tombé dessus d'un coup d'un seul.

Sauf qu'il ne fut pas vraiment du genre réparateur.

C'est la chaleur qui était apparue en premier. Une chaleur palpable, épaisse, gluante comme de la mélasse, collante comme de la poix, qui s'enroulait littéralement autour de lui. Il la sentait se glisser sous ses bras, entre ses jambes, le long de son dos. Et si cette chaleur lui donnait l'impression étouffante de l'envelopper comme une deuxième peau, c'est qu'il était à poil. À poil au beau milieu d'une rue, la nuit. Marchant péniblement et traînant derrière lui une grosse pelle de chantier qui raclait le trottoir en faisant un raffut d'enfer. Au fond de lui, il mesurait l'absurde de la situation mais ne pouvait rien y faire, il lui fallait marcher, droit devant lui. C'était comme ça. La ville, les rues lui semblaient familières. Montreuil ? Peut-être. Ou peut-être pas. Alentour, il n'y avait pas âme qui vive, juste lui à poil avec sa pelle. Il avançait, péniblement, sous une faible lumière orangée provenant de réverbères bourdonnant au-dessus de lui. Peu à peu, sous l'effet de la canicule, le goudron du trottoir se mettait à ramollir, à fondre, et ses pieds s'enfonçaient dans le sol, un peu plus à chaque pas. Épuisé par l'effort, il finissait par s'arrêter au beau milieu de la rue. Tirant comme un forcené, il parvenait à extraire la pelle engluée dans le goudron derrière lui et, la levant de toutes ses forces en un mouvement vertical, la plantait dans le sol mou à ses pieds. Elle s'enfonçait alors comme dans du beurre, éclatant la couche de goudron d'où jaillissait un épais liquide noirâtre qui se répandait tout autour de lui. Il restait planté là, agrippé au manche de sa pelle, fasciné par cette flaque noire qui grandissait de plus en plus vite, envahissant la chaussée, les trottoirs, le bas des devantures des magasins, des immeubles. Un ronflement venait alors troubler le silence. D'abord lointain, puis se rapprochant de plus en plus, menaçant. Mais lui restait planté là. Incapable de bouger, tétanisé, fixant ses pieds nus englués dans le sol et recouverts du liquide noir. Le bruit se rapprochait encore. Il était là, maintenant, pénétrant ses oreilles, envahissant sa boîte crânienne. Voilà, c'était ça : le bruit était dans sa tête. Quelqu'un lui criait dans le crâne. Hurlait. Et il ne pouvait rien y faire. Lâchant sa pelle, il plaquait alors les mains sur ses oreilles, appuyant de toutes ses forces, mais le cri ne faiblissait pas. Pire encore, il allait *crescendo.* Une voix grave, profonde et puissante qui l'emplissait tout entier, faisant vibrer jusqu'à ses os. Il tombait alors à genoux, joignant les mains en forme de supplique, de prière, il essayait d'appeler mais aucun son ne sortait de sa bouche. Et puis, d'un coup d'un seul, le bruit s'arrêtait, le silence revenait. Nono relevait alors doucement la tête et avait juste le temps d'apercevoir la pelle lui arriver en pleine figure.

« Aah ! Mais merde ! »

Il s'était réveillé en criant, et il lui avait fallu quelques secondes, ses yeux scrutant la pénombre de la pièce, pour réaliser qu'il était bien chez lui, dans son lit. « Putain d'sa mère, c'est quoi c'délire, là ? » ne put-il s'empêcher de gueuler à haute voix, comme pour mieux conjurer son cauchemar. Il avait la bouche pâteuse et les jambes emberlificotées dans les draps. Son lit était trempé au point qu'il se demanda même s'il ne s'était pas pissé dessus. Sa montre indiquait dix-huit heures. La vache, il avait pioncé au moins huit heures d'affilée !

Dehors une mob passa en trombe, son pot d'échappement « kité » balançant l'habituel raffut de tronçonneuse mal accordée. Dans la foulée, un éclatant « Mais va niquer ta mère, enculé ! » parut la saluer.

Dehors. Dehors il y avait du monde, des gens, de la vie. Dehors il trouverait un troquet, un truc à bouffer. Il ferait un flip. Il arrêterait de partir en couille.

Direct.

Rejetant les draps d'un geste rageur, il ramassa ses pompes puis ses frusques qu'il enfila à la va-vite, s'aspergea le visage comme un chat au robinet de la cuisine et claqua la porte de l'appart.

« Oh, Nono, ça va ? »

D'un geste de la main, il salua son pote Mohand qui, comme à l'accoutumée, fumait sa clope assis en travers de la selle biplace de sa mob au pied de l'immeuble d'en face. Un peu plus loin, des mouflets se disputaient un ballon en plastoc comme si leur vie en dépendait.

La cité avait son visage habituel, mélange de joyeux bordel et de béton tragique. Pas vraiment une villégiature, mais pas non plus la jungle urbaine trop souvent décrite par les pisse-copies de service. C'est sûr qu'on pouvait trouver la merde sans vraiment la chercher au Bel-Air, mais pas que. Nono le savait bien, lui, depuis le temps qu'il y créchait.

Yeux grands ouverts et nez au vent, il se mit en route, allongeant la jambe d'un pas souple et cadencé qui faisait claquer les talons biseautés de ses bottes sur l'asphalte à un rythme métronomique. C'était le tout début de soirée, il faisait doux et il marchait sans but, sans direction, et plus il avançait vers nulle part, plus il se sentait envahi par un sentiment de clarté retrouvée.

Il croisait le regard des prolos filant qui à la maison, qui au troquet du coin histoire de s'enfiler le dernier de la journée, et il avait peu à peu l'impression de s'éloigner de cette nuit poisseuse et de ce cauchemar qui lui vrillait le crâne. De retrouver ses billes.

Marcher, ça avait toujours été sa solution pour se nettoyer la tête, pour faire le point quand la vie faisait sa pute. Quand les avalanches de merde déboulaient à toute vibrure. Quand son paternel lui collait des dérouillées à main nue ou à la ceinture, ou qu'il se faisait exclure, pour la énième fois, de l'école, du collège ou du boulot. Quand la baston tournait à l'aigre, quand la cuite tournait au vinaigre, quand le videur lui refusait l'entrée ou que la fille disait non. Quand ça craignait vraiment, quand ça sentait le roussi, il se mettait en route. Il arquait. Il bouffait du bitume, il dévorait de l'asphalte. Alors, au fil de sa marche, tout redevenait plus clair, plus simple. La douleur s'estompait en même temps que la rage revenait.

La première fois qu'il avait mis les bouts, comme ça, c'était un jour où son père avait décidé de coller une danse à sa mère. Une méchante tannée de plus. Sans motif particulier, juste parce que, ce matin-là, le vieux s'était levé avec sa tronche des mauvais jours et que tout le monde savait que, de toute façon, ces journées-là finissaient toujours de la même manière. Quand il avait cette gueule-là, la branlée était inévitable. Ça se sentait qu'il attendait l'occasion, qu'il guettait le moment propice. Il tournait en rond dans l'appartement, passait d'une pièce à l'autre, ramassait des trucs à droite, à gauche en maugréant, foutait des coups de pied dans la paire de godasses qui traînait là. « C'est quoi, ce bordel ? », « Tu peux pas ranger tes merdes, dis ? ». Il allumait une clope puis l'éteignait rageusement avant d'en rallumer une autre. Aux aguets, c'était comme ça qu'il était. Il posait sur vous ses deux yeux encore tout collés de sommeil, petits trous noirs et brillants au milieu de son visage couperosé et confit par l'alcool, et vous fixait attentivement. Alors il suffisait d'un rien, d'un geste, d'un mot, d'un soupir, et on voyait d'un coup un méchant sourire éclairer sa trogne de poivrot. Sa voix se faisait douce, presque agréable. « Qu'est-ce que t'as dit, là ? », ou encore « J'ai rêvé ? ». De toutes petites phrases de rien du tout, comme les brèves averses qui précèdent l'orage d'été. Alors, ça partait. Les baffes d'abord. Puis les doigts se refermaient, les poings se serraient et c'étaient les droites, les gauches, les crochets au visage, au ventre. Ça pleuvait de partout. De toute façon, ça ne servait à rien de gueuler, il était comme sourd dans ces moments-là. La seule solution c'était de se protéger comme on pouvait et d'attendre la fin de la dégelée. En général, la distribution s'achevait quand vous finissiez au sol. C'était ça qu'il attendait, que vous vous traîniez à ses pieds, que vous demandiez grâce.

Les premières fois qu'il avait vu son père dérouiller sa mère, Nono était trop petit pour y faire quoi que ce soit. En général, sa daronne se débrouillait pour l'envoyer dans sa chambre avant de retourner, avec courage, faire face à l'inévitable. Mouflet, Nono se collait un oreiller sur les oreilles, manière d'atténuer le bruit des coups et des objets qui voltigeaient à travers l'appartement. Sa mère ne gueulait pas. Jamais. Elle encaissait.

Et puis, au fur et à mesure qu'il grandissait, les séances étaient devenues de plus en plus fréquentes et de plus en plus violentes, et un jour il en avait eu marre de ce cirque. Marre de récupérer sa mère les yeux noirs, la lèvre en steak haché et le pif tuméfié. Marre d'être obligé de la traîner à l'intercommunal et de baratiner pour la énième fois les internes de service qui, de toute façon, n'en croyaient pas un mot. Alors, ce jour-là, il était sorti de sa chambre, un peu tremblant mais déterminé, et avait poussé la porte du salon. Il s'était avancé et s'était placé entre ses géniteurs, face à son père. Et c'était comme si ce dernier n'avait attendu que ça, depuis toujours.

« Ah ben le v'là, lui ! avait gueulé le vieux. Alors il la veut aussi, sa ration, le fils à la pute ? C'est parce que t'as trois poils au cul que tu viens faire ton balaise ? Hein ? C'est ça ? Attends, petit enculé, j'vais t'faire montrer comment ça punit, un homme. » Et il avait levé le bras bien haut, poing serré, avec un sourire mauvais au coin des lèvres. Sauf que Nono, lui, non content d'avoir une capacité à encaisser hors du commun, des mandales il en distribuait tous les jours et ce depuis sa prime jeunesse. Il était même réputé pour ça. Pas pour sa stature, ni même pour sa rapidité à enchaîner les droites et les coups de latte. Non. Ce qui faisait la différence, c'était son vice. Sa capacité à toujours cogner au bon endroit, à faire mal, à empêcher l'adversaire de se relever, à le laisser au tapis. Cette fois-là, ce fut d'ailleurs presque trop facile. Ayant depuis bien longtemps perdu toute notion de respect filial, c'était à un poivrot de cinquante ans fatigué qu'il faisait face, et même si ce dernier avait de puissantes pognes, fruit d'années passées à travailler le béton sur les chantiers, il avait perdu depuis bien longtemps la souplesse et la vivacité qu'il avait transmises à son fils.

« Dis, et si tu la fermais un peu, ta gueule, vieux con ? »

Son père était devenu comme fou. Nono avait tout d'abord esquivé le crochet brouillon du daron, puis, toutes babines retroussées, opté pour un bon vieux coup de boule tout ce qu'il y a de classique. Le truc qui part du ventre, l'arme des lâches, impossible à parer.

« Oummff ! » avait fait le vieux, avant de chanceler sur ses vieilles flûtes décharnées et de partir en arrière s'écraser dans l'angle de mur un peu plus loin derrière lui. Nono l'avait cueilli juste sous l'arcade, qui s'était fendue d'un coup sec, libérant un abondant jet de sang. L'ancêtre avait les yeux fermés, et, l'espace d'un instant, Nono s'était demandé s'il l'avait buté. Sauf qu'il savait bien que cette vieille carne avait le crâne aussi dur que le cœur, et qu'une fois de plus il se relèverait, histoire de continuer à faire chier ses contemporains.

« Allez, salut, connard », avait lâché Nono entre ses dents. Puis il avait regardé sa mère, prostrée et silencieuse. Le réveil du père serait probablement encore pire pour elle. Mais qu'est-ce qu'il pouvait bien y foutre, de toute façon, il ne serait pas toujours là pour la protéger. Après lui avoir passé la main dans les cheveux sans rien dire, il avait ramassé son blouson et était sorti en fermant la porte tout en douceur, manière de ne pas en rajouter. Sur le palier, il entendait son petit frère qui chialait dans sa piaule, au fond de l'appartement.

C'était cette fois-là qu'il avait appris à marcher.

Sans se retourner.

Sauf qu'aujourd'hui les choses étaient un poil plus compliquées, et même s'il sentait le soleil lui chauffer la couenne à travers le cuir de son blouson et son sang pulser à un rythme régulier, la magie habituelle n'opérait pas complètement. Il restait dans un coin de son esprit comme un vide. Un trou. Voilà, c'était ça qui déconnait : un trou en forme de tombe de fortune qui avait contenu un corps, et qui, même soigneusement rebouché, représentait maintenant une lourde menace. Pas qu'il ait eu la trouille, non. C'était plutôt le côté irrationnel de l'affaire qui le travaillait : un mec mort, c'est censé rester là où on le met. Pas se faire la malle dès qu'on a le dos tourné.

Donc, si le type n'était pas mort, où était-il passé ? Et puis d'abord, c'était qui cet enculé ? Un genre de manouche, il aurait dit. Rapport à sa façon de se fringuer, sa coupe de douille ou sa bagouze noire à l'annulaire. Celle-là, il avait l'impression de l'avoir déjà vue quelque part, mais il était bien infoutu de se souvenir où.

Après avoir quitté le Bel-Air, il avait d'abord longé le parc des Beaumonts puis remonté la rue Pierre-de-Montreuil. Là-bas, il avait ses habitudes dans un petit rade tenu par un limonadier taciturne qui lui foutait une paix royale quand il se contentait d'un demi et défonçait le flipper pendant des heures. Autre avantage indéniable de l'établissement, le flip en question était un Kiss en parfait état de marche, et Nono, qui connaissait bien la bestiole, n'avait besoin que d'une pièce de cent balles pour faire péter le compteur à parties autant qu'il voulait.

Une brèle à guidon bracelet et selle biplace était posée contre le mur juste avant le rade. Le grelot fatigué installé par le patron sourdingue tinta vaguement lorsqu'il poussa la porte. Ça sentait la bière blonde, le tabac brun et la sueur rance.

« Vas-y la fourchette de la mort ! »

Un loubard maigrelet et acnéique, concentré à l'extrême, secouait frénétiquement le billard électrique. Sous l'effort, et malgré l'importante couche de Pento dont elle était enduite, sa banane s'était désintégrée, se transformant en une sorte de frange graisseuse l'empêchant d'y voir clair.

Sans attendre la fin de la partie en cours, Nono traça jusqu'au flip d'un pas décidé et déposa sa pièce de cent balles en la faisant bien claquer sur la vitre, manière de faire comprendre à l'importun qu'il n'avait pas toute la soirée devant lui.

Puis il commanda un demi au comptoir et revint se planter à côté du boutonneux qui, transpirant abondamment, ne semblait pas prêt à lâcher l'affaire pour autant.

« Mais puuuuuuutain… »

Cannes plantées dans la sciure, il poussait du bassin, balançait des hanches, ondulait du croupion, copulant littéralement avec la machine en poussant de petits « han ! » de satisfaction à chaque fois que la boule évitait le couloir maudit ou le trou fatal. Au compteur, les chiffres s'affolaient, et le claquement sec de la partie gagnée s'annonçait imminent. Nono, l'air de rien, colla le bas de son corps contre la paroi latérale et, d'un mouvement souple du genou, poussa la caisse en bois rouge et noire.

« Tilt ! »

Instantanément, la lumière s'éteignit, les commandes rendirent l'âme et la boule chromée descendit direct au trou.

« Ah, putain ! T'as tilté ! C'est ballot, hein. Juste au moment où t'allais claquer, là ! Roh, là, là, c'est vraiment pas de bol… » ponctua-t-il d'un ton faussement débonnaire.

Affreusement frustré par ce *coitus interruptus*, le barlou se retourna d'un coup sec, menton levé, l'œil injecté de haine et la repartie au bord des lèvres, mais face à la mine goguenarde et à la carrure de Nono, il remballa bien vite ses velléités d'en découdre.

« Rah, ouais, t'as vu, c'est trop les boules… se contenta-t-il de lâcher, dégoûté. On s'en refait une petite à deux ? hasarda-t-il dans la foulée.

— Ah ben désolé, mais j'crois pas, là, lâcha un Nono laconique en prenant sa place devant la machine. Moi, quand je joue, j'ai besoin de concentration, tu vois. Du coup, faut que j'sois seul pour travailler mon mental, tu vois.

— Ah, nan, ouais, j'comprends. C'est normal, hein… Bon, ben salut alors », maugréa le loulou dépité en retournant vers le comptoir.

« M’sieurs dames… »

Nono avait déjà deux parties gratuites supplémentaires au compteur, claquées dès la première boule, quand les deux types étaient entrés dans le bar. Celui qui avait poussé la porte et salué la compagnie était un grand brun aux cheveux gominés et tout en jambes. Il portait un maximanteau de cuir noir et le bas de son futal cassait sur une paire de pompes pointues vernies. Le suivant dépassait à peine son mètre soixante mais paraissait aussi large que haut. Le crâne rasé, il arborait une moustache et des rouflaquettes sombres, broussailleuses, et des yeux tellement noirs qu’on en distinguait à peine les pupilles.

Celui-là suintait la méchanceté pure.

Il plissa les yeux et balaya rapidement la salle du regard. À cette heure-là, il n’y avait plus grand monde : l’infortuné joueur de flipper, après avoir éclusé le fond de son demi tiédasse, avait enfourché sa meule sans attendre, et les pas tout à fait poivrots habituels étaient sagement rentrés retrouver bobonne après avoir descendu leurs apéros, histoire de pouvoir revenir demain sans trop se faire engueuler. Quant à l’ivrogne patenté qui, à force de s’y accrocher, paraissait comme moulé dans le comptoir, il faisait tellement partie des meubles que plus personne ne faisait attention à lui. La blonde qui épongeait le client à l'occasion n'avait, quant à elle, pas encore pris son service.

Un soir peinard à l'assommoir, en somme.

Derrière le zinc, le patron, l'éponge à la main, s'occupait « de ses affaires et pas de celles des autres », comme d'habitude.

Concentré qu'il était sur sa partie en cours, Nono ne calcula même pas les deux types quand ils commandèrent leurs bières, juste derrière lui. Il ne fit pas attention non plus lorsque, ayant englouti puis réglé leurs demis pression, ils s'éloignèrent séparément du comptoir pour venir l'encadrer tout en douceur.

C'est au moment où ils lui attrapèrent chacun un aileron d'une poigne ferme mais discrète en lui indiquant la sortie d'un bref coup de menton qu'il mesura la tonne d'emmerdements qui allait lui tomber sur le coin de la gueule, et qu'il remarqua aussi la bague noire que le grand portait à l'annulaire de la main droite.

EMBALLEZ, C'EST PESÉ

« Oh, misère… »

Riton se retourna le plus doucement possible à la recherche de son paquet de clopes, mais rien n'y fit, l'ensemble de la pièce l'accompagna dans le mouvement et il réprima péniblement la remontée acide qui, sentant l'aubaine, avait cavalé tout le long de son œsophage avec l'espoir d'une sortie définitive en fin de parcours. Il avait l'impression de s'être enfilé un plein bol d'acide de batterie. Des profondeurs de ses tripes montaient de funestes gargouillis annonciateurs d'un orage imminent, et le sang battait à ses tempes tel un marteau de forgeron. Une gueule de bois en érable massif. Il finit par dégotter le paquet de gauloises fripé dans la poche arrière de son jean étalé sur le sol et s'en colla une dans le bec. Mais putain, où était ce briquet ?

La lumière du jour filtrait doucement au travers

des persiennes poussiéreuses qui pendouillaient de traviole. La piaule puait l'alcool rance, la vaisselle sale et le tabac froid. L'annonce en vitrine de l'agence immobilière de La Boissière qu'il avait repérée quelques mois plus tôt vantait pourtant les nombreux mérites de cette « studette de charme située dans un quartier commerçant et pittoresque ». Sauf que, niveau commerces, hormis la minuscule épicerie de M. Saïd où les habitants du coin venaient négocier leur kroum avec le patron – très arrangeant, au demeurant – et une boulangerie tenue par un couple d'alcoolos enfarinés s'engueulant du matin au soir, la principale activité, c'était plutôt la limonade, au vu du nombre de bistros pouilleux qui s'alignaient le long du boulevard. Quant à la studette de charme, il s'agissait d'une pièce d'un seul tenant aux murs jaunis par la nicotine et attaqués par le salpêtre, avec un coin cuisine délimité par une sorte de bar en fausses briques et une salle d'eau aménagée dans un ancien placard. Une étagère branlante permettait au locataire de stocker ses maigres possessions. Niveau sanitaires, ils étaient à la turque et sur le palier, avec pour seule aération un fenestron à la peinture écaillée qu'il était préférable de garder entrouvert, qu'il neige ou qu'il vente. L'ensemble était péniblement éclairé par une installation électrique à l'agonie.

Un jour de bonne volonté, Riton avait tenté de meubler un peu tout ça. Dans un grand élan inspiré, il s'était bricolé un genre d'étagère à base de briques empilées et de planches récupérées sur un chantier. Pas terrible, mais ça tenait debout. De toute façon, le contenu était à la hauteur du contenant : chiche et de qualité médiocre. Pour la partie cuisine, il avait posé l'une sur l'autre, juste à côté de son brûleur à gaz de camping, deux cagettes récupérées devant chez l'épicier ; elles lui tenaient lieu de garde-manger et il y stockait principalement des boîtes de raviolis à la tomate et quantité de pots de Nescafé, base de son alimentation quotidienne. En guise de frigo, il suspendait un sac plastique à la fenêtre dans lequel il stockait les denrées un poil périssables. Histoire de parachever l'ensemble de la déco de son chez-lui, au-dessus de son pieu il avait punaisé un poster pour un concert de Crazy Cavan orné d'un drapeau confédéré claquant au vent…

Franchement, ça avait de la gueule.

Il fit tomber la cendre qui s'accumulait au bout de sa cousue dans le cendrier plein qui ne quittait jamais le bord de son lit et se redressa péniblement, histoire d'essayer d'y voir un peu plus clair.

La veille au soir, tout content de son arnaque aux courses, il avait décidé de fêter ça avec une petite meuf rencontrée quelques jours plus tôt au métro Croix-de-Chavaux. Elle traînait souvent avec une bande de lascars moitié punks, moitié psychobillies, que Riton trouvait couillons mais amusants. Ils avaient des dégaines de petits bourges standard, mais il y avait toujours de quoi se la mettre dans leurs fêtes, et leurs meufs étaient assez canons et pas trop farouches. Des fois elles couchaient, même. Du coup, il l'avait appelée chez elle et ils étaient convenus de se retrouver du côté du Perreux-sur-Marne, dans l'appartement d'un des mecs de la bande. Riton s'était fait tout beau, sans trop forcer sur le côté cuirs et chaînes, manière de politesse quand il œuvrait en territoire moins familier qu'avec ses associés habituels : Teddy noir et blanc et chemise rouge pour le haut, jean et santiags pour le bas. Sobre et classique.

La fête était plutôt marrante : les potes de la gonzesse avaient tous vu les Stray Cats au Palace quelques semaines plus tôt et ne juraient plus que par le rockabilly. Riton était vraiment tombé au bon endroit, au bon moment. Il eut bien quelques coupables pensées en énumérant intérieurement le nombre de paires de creepers neuves qui défilaient sous ses yeux, mais il n'était pas venu pour faire ses courses et préféra se concentrer sur son objectif principal : choper la meuf et se l'envoyer au plus vite. Chez elle, chez lui, dans la rue ou à l'arrière d'une caisse, il s'en foutait royalement du moment qu'il pouvait la serrer. Elle avait passé une bonne partie de la soirée à danser, faisant voleter sa jupe plissée et dévoilant des porte-jarretelles du plus bel effet, et Riton n'en pouvait plus. Il avait l'impression que ses gonades lui remontaient dans les amygdales, et, s'il avait pu, il l'aurait baisée là, tout de suite, devant tout le monde. Mais ce genre de gonzesse ne se bloquait pas dans un coin comme ça. C'était un morceau de choix, le genre qui lit aussi des bouquins ; il fallait la travailler en souplesse, la baratiner un minimum, juste ce qu'il fallait, si on espérait plus qu'une galoche à l'arrachée.

Du coup, il s'était mis à danser lui aussi, la tirant, la poussant et la faisant virevolter dans tous les coins du salon. Au début, elle était restée un peu raide, un peu lointaine, mais au fur et à mesure que la soirée avançait, il l'avait sentie moins farouche, se laissant embarquer par le rythme, rigolant de bon cœur quand ils rataient une figure et dégommaient un pot de fleurs. Faut dire aussi qu'il l'avait passablement rincée, la petite. La danse, ça donne soif, non ? Expert en la matière, il avait développé une technique à deux mains qui tenait quasiment de l'illusionnisme. Le principe était simple : toujours faire croire à sa cavalière que la bière qu'il lui tendait pour étancher sa soif était la première de la soirée. La donzelle avait l'impression ainsi de rester dans les limites du raisonnable et son alcoolémie montait tout en douceur, mine de rien. Pour ce faire, Riton chopait une mousse de la main droite, en offrait une rasade à sa partenaire, puis, faisant tourner cette dernière, torpillait ce qui restait de la boutanche discretos. Une autre volte de sa cavalière lui donnait le temps de balancer la bouteille vide et d'en cravater une autre dans la foulée, de s'en enfiler une gorgée puis de la proposer à nouveau, ni vu ni connu j't'embrouille, à la minette dont les joues rosissaient à vue d'œil. Au bout d'un moment, son partenaire paraissant avoir une canette vissée à la main gauche quoi qu'il advienne, elle oubliait de quand cette foutue bouteille pouvait bien dater, se contentant d'en descendre goulûment le contenu. À ce moment-là, Riton levait le pied : la petite était à point, et il fallait impérativement ralentir la cadence si on voulait être en mesure d'assurer le moment venu. Sauf que, ce soir-là, il était tombé sur une dure à cuire. La gonzesse enquillait les bières, rasade après rasade, mais l'œil toujours vif, paraissant ne jamais perdre de son assurance. La danse la faisait tenir bon. Du coup, il avait été obligé de taper plus dur, de lui offrir d'autres trucs, moins soft, des machins de couleur avec du whisky frelaté noyé dans le Coca tiède, des rasades de vodka mélangées au jus d'orange de l'épicemar du coin. Et comme à son habitude, il avait doublé les doses pour sa gueule. La soirée avançant et les couples se formant, lorsqu'elle avait commencé à se serrer un peu plus fort contre lui, à laisser traîner ses mains au bon moment et aux bons endroits, il avait d'abord senti ses jambes trembler un peu. Elle avait la peau douce, cette conne, et lui, une trique en fonte. Sauf que, lorsque dans un brouillard naissant il l'avait drivée jusqu'à ce qui ressemblait à une chambre en la prenant par les hanches, c'était son estomac qui avait donné des signes de panique. La pièce était dans l'obscurité, il l'avait plaquée contre le premier mur venu, glissant directement les deux mains sous son pull rouge à manches courtes et s'approchant pour lui rouler une pelle. La belle avait l'air partante, et ses jolies lèvres vermillon entrouvertes étaient venues au contact. Mais la galoche avait tourné court, Riton tombant subitement vers le sol les deux genoux en avant et balançant un renard de belle taille sur les ballerines de la gamine en guise de cadeau. Horrifiée, elle l'avait repoussé fermement du pied et avait quitté la chambre au plus vite, laissant son galant essuyer péniblement la gerbe sur le sol avec le pan de sa chemise. La suite, il ne s'en souvenait plus très bien.

Autour de lui, dans la pénombre de la piaule, il distinguait des bruits humides. Ça baisouillait vaguement dans les coins. Il était dégoûté. « Putain, j'avais les mains sur ses seins, merde. » Il s'était levé tout chancelant, était sorti de la chambre et, de retour dans la lumière blanche du salon, ivre de dépit et d'alcool frelaté, avait un peu cherché la merde aux derniers punks qui traînaient encore là, mais sans y croire, juste pour tenter de retrouver un semblant de dignité. À force de faire suer son monde, il avait fini par se faire proprement lourder de la fête à coups de botte dans le train par deux ou trois convives un peu plus balaises que les autres, qui avaient profité de l'occasion pour se faire mousser à peu de frais vu l'état pitoyable de leur adversaire. Comment avait-il terminé la nuit chez lui ? Aucune idée.

Mais il avait l'habitude.

Clope au bec, il finit par s'extraire du pucier, enfila son jean de la veille, ses chaussettes et sa paire de bottes, ramassa une tasse en émail cabossée qui traînait dans la vaisselle de l'évier puis fit couler le robinet d'eau chaude. S'aspergeant brièvement le visage, histoire de se mettre les yeux en face des trous, il attrapa ensuite la boîte de Nescafé dans le placard, en versa une sérieuse rasade dans la gamelle puis arrosa le tout d'une eau à peine tiède. Restait à allumer une gauldo au mégot de la précédente qui se consumait sur le bord de l'évier, tirer la chaise branlante à lui et s'asseoir. Pas question de rester debout, son petit déjeuner, il le prenait toujours assis, question de principe. En plus aujourd'hui ses cannes lui faisaient un mal de chien. Le breuvage douceâtre atténuait un peu la sensation de brûlure, mais Riton ayant toujours eu la gueule de bois dépressive, des images de leur soirée de l'avant-veille continuaient de l'assaillir en cascade. Il avait beau faire de son mieux pour les chasser de son esprit, il revoyait le visage massacré de l'inconnu juste après l'accident, la pénible montée de la côte du cimetière avec le mec sur le dos, et, pour finir, la fosse en terre meuble vide de son occupant. Peut-être qu'il était pas mort, en fait, ce connard. Il aurait dû vérifier comme à la télé, là, dans les feuilletons, en lui prenant le pouls ou en lui mettant le doigt dans le cou. Des fois, même, ils mettaient une petite glace genre devant sa bouche pour voir si ça faisait de la buée. Peut-être qu'il s'était même fait la malle tout seul, après s'être réveillé au fond de son trou. Ou alors, on les avait vus. Quelqu'un les avait vus en train d'enterrer le cadavre et était venu le récupérer en loucedé après leur départ pour les faire chanter. Il n'arrivait plus à s'arrêter de gamberger. Les hypothèses s'enchaînaient, se mélangeaient les unes aux autres. D'un geste rageur, il balança sa tasse de café contre le mur. « Vas-y, c'est bon ! À quoi ça sert que j'me prenne la tête. De toute façon, si on doit se prendre la merde sur la gueule, ben on s'la prendra. »

Il fallait bouger. Prendre l'air, aller traîner, voir des potes. Il ramassa blouson, paquet de clopes et un peu de mitraille qui traînait sur la table et ouvrit la porte.

À ses pieds, posé sur le paillasson, se trouvait un carton de taille moyenne aux coins un peu endommagés. Pas de nom, pas d'adresse, juste du vieux scotch d'emballage pour en faire tenir les rabats supérieurs.

Il ramassa le paquet. À l'intérieur, quelque chose d'assez lourd roula doucement d'une paroi à l'autre. Après l'avoir posé précautionneusement sur la table de la cuisine, il attrapa un couteau qui traînait là. Ses mains tremblaient un peu lorsqu'il entailla le scotch. Les pans supérieurs de la boîte s'entrouvrirent, et Riton dut soulever l'ensemble pour y voir quelque chose. Lorsqu'il balança la boîte le plus loin possible en hurlant, la tête de Jean-Claude s'éjecta du carton et roula sur le sol pour finir par venir se caler dans le coin opposé de la pièce. Ses yeux grands ouverts le regardaient fixement.

CARTON PLEIN

« Bouaaark !... »

Il avait eu tout juste le temps de foncer jusqu'au lavabo histoire d'y déposer, une fois encore, l'intérieur de son estomac. Sauf que, cette fois-ci, il ne s'agissait plus d'alcool frelaté. Maintenant, il était question de vidange totale, de nettoyage par le vide. Riton dégueulait de stupéfaction, d'angoisse, d'horreur. Il gerbait l'accident de bagnole, le refroidi évaporé, la mort de son pote et, plus que tout, la macabre mise en scène. C'était la sainte trouille qui lui fouaillait les boyaux, la froide terreur qui lui retournait les tripes.

Mais putain, c'était qui ces malades ? Il avait beau faire le tour des branleurs habituels qu'ils fréquentaient tous les trois, il n'en voyait pas un seul capable d'un truc pareil. Qui pouvait être assez taré pour avoir raccourci son pote comme un sauvage et pris la peine de lui envoyer sa tête dans une boîte ? Et puis aussi, et surtout, pourquoi ?

Parce qu'il n'était pas con, le Riton, il avait parfaitement compris que ce paquet sanglant était un message dont il serait bien inspiré de tenir compte s'il voulait éviter de très sérieux emmerdements. Sauf que, pour ce faire, il aurait fallu qu'il sache un peu plus précisément ce qu'on attendait de lui.

Et aussi à qui s'adresser.

À force de gerber, il finit par se vider intégralement. Assis par terre, haletant, un filet de bile au coin de la bouche, il reprit peu à peu sa respiration. Impossible de lever les yeux. La tête de Jean-Claude était posée là, dans le coin de la pièce opposé au sien, et l'idée même de croiser à nouveau le regard mort de son pote le paralysait. Quant à y toucher, peau de balle.

Un balai, c'était ça qu'il lui fallait. Un balai pour repousser cette horreur dans la boîte au plus vite. Ne plus la voir. La faire disparaître. Il verrait bien quoi en foutre après. Il se releva doucement, évitant soigneusement la flaque de vomi qui s'étalait à ses pieds et tituba jusqu'à la cuisine. Là, il essuya son jean avec une éponge humide du mieux qu'il put et attrapa un vieux balai-brosse posé dans un coin. Il saisit délicatement un des côtés du carton puis se rapprocha tout doucement de l'angle de la pièce où reposait la tête, sans la regarder. Il marchait sur la pointe des pieds, comme s'il essayait d'amadouer un animal sauvage. Posant le carton devant lui, l'ouverture dirigée vers le coin de la pièce, il ferma les yeux et prit une grande inspiration avant de se décider à y aller. Lorsqu'il les rouvrit, il baissa la tête et réprima un violent hoquet. C'était un peu moins dégueu la deuxième fois. S'approchant encore un peu plus, il fut même brièvement traversé par un étrange sentiment de curiosité, du même genre que celui éprouvé pendant les séances de dissection de grenouilles en classe de sciences naturelles. À moitié dégoûté, à moitié fasciné. Mais foin de batracien, c'était son pote d'enfance qu'on avait raccourci, et la sensation se dissipa aussi vite qu'elle était venue.

Restait le plus dur : réintégrer le contenu dans le contenant.

Il bloqua de son pied le fond du carton, puis, à l'aide du balai, tenta de pousser de son mieux la tête de Jean-Claude vers l'ouverture. Il lui fallut s'y reprendre à deux ou trois fois : le machin était tout sauf rond et refusait de suivre la trajectoire imprimée par le balai. Un coup il foutait le camp à droite, un coup à gauche. Une vraie purge. Pour finir, il sentit le poids de la tête contre son pied à travers la paroi du carton. Ça y était, elle était dedans. Il rabattit les deux montants supérieurs puis posa une casserole qui traînait là sur l'ensemble, manière de s'assurer que le diable ne ressortirait pas de sa boîte aussi sec.

« Putain ! »

Juste s'asseoir pour reprendre son souffle. Il transpirait abondamment et avait les guibolles en coton. Gamberger, il fallait gamberger au plus vite pour se sortir de ce merdier. Plus aucun doute maintenant, quelqu'un savait qui ils étaient et ce qu'ils avaient fait. Et ce quelqu'un, c'étaient pas les schmidts. Les perdreaux ont bien des défauts mais ils ne raccourcissent pas leurs contemporains, en tout cas pas avec ce genre de matériel. Une tête dans un carton, ça sentait la grande truanderie, le pro qui n'hésite pas. Le gros bandit plutôt que le petit barlou. Et le règlement de comptes à la sauvage foutait largement plus les jetons qu'une garde à vue, quand bien même suivie d'une virée en cabane.

Putain, mais dans quelle merde ils s'étaient foutus…

Il suait maintenant à grosses gouttes, ses yeux piquaient et son palpitant faisait le yoyo. Il fourgonna frénétiquement dans le petit cagibi à côté de la porte d'entrée, finissant par mettre la main sur un grand sac à carreaux de blédard. Après avoir essuyé le carton du mieux qu'il put en une tentative désespérée d'effacer d'éventuelles empreintes, il l'enroula dans un vieux drap, fourra le tout dans le sac et colla son linge sale par-dessus, histoire de tenter la carte de la virée au pressing dans l'hypothèse d'une éventuelle rencontre avec des condés trop curieux.

Il descendit l'escalier à la volée.

Dehors, la pluie commençait de maculer les trottoirs.

Bourré comme il l'était la veille, il n'avait pas pris la peine de rentrer sa bécane, ni même de l'attacher, d'ailleurs. De toute façon, il était connu dans le quartier, et personne à part un vrai clampin n'aurait pris le risque d'y toucher. Les mains tremblantes, il démarra la brèle et remonta le boulevard Aristide-Briand à une allure pépère, histoire de ne pas attirer l'attention. Pour éviter les bleus, il préférait toujours opter pour les grands axes. D'abord on pouvait tenter le délit de fuite plus facilement, et puis, au moins, il y avait du monde autour. Le risque était moins grand de tomber du car par inadvertance si on se faisait emballer un jour où les bourdilles se sentaient d'humeur farce. Arrivé au carrefour avec le boulevard de La Boissière, il enquilla vers Fontenay. Il se souvenait que, sur le boulevard, il restait encore un bon paquet de terrains vagues planqués derrière des clôtures branlantes, et, vu ses compétences en matière de terrassement et son manque d'outillage, l'option camouflage en surface lui parut, cette fois-ci, plus jouable que sa version souterraine. Ce d'autant plus que la dernière fois qu'il avait enterré quelque chose, les événements n'avaient pas pris la tournure escomptée.

Après avoir tourné un peu, il finit par jeter son dévolu sur ce qui ressemblait à un futur chantier de construction. On ne dénotait aucune activité particulière en cette fin de matinée, et le bout de terrain présentait l'indéniable avantage de ne pas être encadré d'immeubles. Il adossa donc sa bécane à une palissade de tôle ondulée en prenant l'air le plus dégagé possible, puis, après avoir jeté un coup de périscope à droite et à gauche, s'engagea doucement dans une petite allée perpendiculaire qui filait vers une sorte de terrain vague. Un peu plus loin, au ras du sol, un morceau de tôle déjà tordu indiquait qu'il n'était pas le premier à avoir repéré l'accès à la planque. Après avoir tendu l'oreille pour vérifier qu'il n'y avait vraiment personne de l'autre côté, il glissa d'abord le sac devant lui puis se plia en deux et passa sous le morceau de ferraille. C'était un terrain sec mais encore vaguement herbeux avec, au fond, ce qui avait dû être un petit pavillon dont il ne restait qu'une ruine sans toit. Un bidon d'huile éventré et rouillé rempli de cendres et une quantité de canettes et de bouteilles vides jonchant le sol indiquaient qu'on avait dû bricoler des pique-niques à l'arrache plus d'une fois. Le squelette d'un Caddie rouillé et le cadre d'une mobylette entièrement désossée parachevaient le tableau champêtre. D'un coup de pied, il renversa le brasero de fortune. La moitié des cendres se répandit sur le sol. Il sortit le carton du sac, déroula le drap et, en essayant de regarder le moins possible, secoua la boîte au-dessus du bidon. La tête de Jean-Claude tomba sans bruit. Il se bricola une pelle de fortune à l'aide d'une bouteille plastique qu'il déchira en deux et recouvrit l'ensemble du mieux qu'il put, tablant sur le fait qu'il faudrait une quantité raisonnable de pique-niques avant que la tête de son pote vienne souhaiter bon appétit aux convives. En guise de recueillement, il resta planté quelques instants face à la sépulture de fortune puis quitta le terrain vague aussi discrètement qu'il y était entré.

Dans le ciel, les nuages d'un gris sombre continuaient de s'amasser.

Les embrouilles aussi allaient pleuvoir dru.

« Bonjour, Riton, ça va bien aujourd'hui ?

— Ça va, m'sieur Saïd, ça va.

— Tu fais le ménage ? »

Juste à côté de la caisse de l'épicier, il avait posé une serpillière et une bouteille d'eau de Javel. Format familial.

« Oui, voilà. Et il me faudrait aussi une des grosses éponges juste derrière vous.

— Ça c'est bien de faire le propre quand y a besoin. Tiens, ça fera douze francs quatre-vingts. »

Dans le quartier, l'épicerie de Saïd était une véritable institution. Ouvert quelque dix ans auparavant, le magasin exigu était devenu, du fait de la gentillesse de ses propriétaires, le lieu de passage obligé des habitants des immeubles alentour, qu'il s'agisse de faire ses courses ou simplement de venir tailler une bavette avec les patrons. Tout le monde se demandait comment sa femme et lui faisaient pour tenir le coup tant ardoises et crédits s'accumulaient, mais l'indéboulonnable épicier était là chaque matin au lever du jour, et le grincement métallique de son rideau de fer rythmait le quotidien du quartier depuis si longtemps déjà que plus personne n'aurait pu imaginer vivre sans.

Riton retourna le fond de ses poches de jean à la recherche de mitraille.

« Ça fait le compte, merci, Riton, et bon ménage.
— Merci, m'sieur Saïd. Allez, au revoir. »

À l'odeur habituelle d'alcool mal digéré et de tabac froid étaient venus s'ajouter d'autres effluves douceâtres et un peu écœurants qu'il préféra ne pas chercher à identifier. Il allait ouvrir les fenêtres et les volets en grand. Faire un putain de courant d'air et laver, frotter, récurer jusqu'à user le parquet. Jusqu'à ce que ce parfum de mort foute le camp.

Il alluma la radio. Eddy Mitchell susurrait un genre de slow baveux à propos d'une meuf aux yeux menthe à l'eau. Putain, les vieux rockers, c'était vraiment devenu n'importe quoi.

Riton, ayant expédié le salon, s'apprêtait à attaquer la cuisine lorsqu'il remarqua ce qui ressemblait à un bout de papier maculé de sang et plié en quatre sous la table. À la vue de la sanglante missive, son estomac lui proposa une nouvelle fois une virée festive, mais il résista du mieux qu'il put. Il déplia le morceau de papier et déchiffra le message en grosses lettres bâtons tracées au stylo-bille rouge :

« Premier avertisseman. On a ton pote et tu a ma tune. Si tu veu le revoir, tu me la ramene. Tu la met dans un sac et tu la dépose au parc montrau ce soir dix minutes avant la fermeture sous le dernier banc avant la flotte en bas. »

S'ensuivait un croquis malhabile, sorte de vue aérienne du parc Montreau ornée, au-delà de la porte d'entrée, d'un rectangle tremblotant censé représenter un banc sur lequel on avait tracé une croix entourée d'un rond. Le machin avait dû tomber du carton sans qu'il le remarque. S'il n'avait pas été accompagné de la tête de son pote, Riton aurait pu le prendre pour une carte de chasse au trésor réalisée par un enfant en bas âge. Sauf que tête il y avait, et qu'on n'était donc pas là pour jouer à retrouver des pièces en chocolat.

Il tourna et retourna le bout de papier entre ses mains. Il en restait comme deux ronds de flan. Tout ça avait un lien avec leur virée nocturne, et, surtout, avec ce cadavre disparu. Pour autant, il ne parvenait toujours pas à relier les petits points numérotés censés révéler le joli dessin.

Pour ce qui était de la menace, c'était tout ce qu'il y avait de clair. Il avait vu de quoi les mecs étaient capables. Mais pour le reste, il n'y pigeait toujours rien. De quelle thune parlaient ces enculés ? Et de quel pote ? L'espace d'un instant, il s'imagina que les types voulaient lui restituer les restes de Jean-Claude, mais l'épouvantable image s'effaça instantanément lorsqu'il réalisa qu'il ne pouvait s'agir que de Nono. Ils l'avaient chopé lui aussi. La sueur froide l'envahit, d'un seul coup, et du sol au plafond. L'embrouille prenait des proportions démentes : en moins de vingt-quatre heures, des lascars déboulant de nulle part avaient décapité Jean-Claude, kidnappé Nono et lui réclamaient maintenant un pognon dont il n'avait même pas connaissance de l'existence.

Et histoire de couronner le tout, ces mecs savaient où il habitait. Il n'arrivait pas à s'arrêter de trembler. Machinalement, il alla vider le seau de flotte sale dans l'évier.

Il n'y avait pas de temps à perdre. On était mardi, quatre heures de l'après-midi, et ces gars-là ne rigolaient pas du tout. Il lui restait peu ou prou trois plombes pour éviter à Nono de finir, à son tour, découpé en morceaux dans une boîte.

Des emmerdes, Riton en avait géré un bon paquet. Les situations limites, voire juste au-delà de la limite, les galères un peu vachardes ou les embrouilles qui partent en couille, il savait faire. Dans le quartier, il était réputé pour avoir le vice et on le respectait pour ça. Sauf que là, ça boxait dans la catégorie supérieure, ça décapitait sec, ça menaçait ferme, et pour gérer des mecs de cette envergure, son expérience de loubard des trottoirs était largement insuffisante. Des conseils, voilà ce qu'il lui fallait. Voire même la supervision d'un expert, d'un mec qui aurait des bases sérieuses en voyouserie, des compétences en grande délinquance. Un pro, quoi. Il en était là, perdu dans ses réflexions, quand d'un coup d'un seul les brumes de son cerveau se dispersèrent, comme soufflées par une légère brise : il avait trouvé l'oiseau rare.

Il allait aller voir le Toubib, lui saurait quoi faire.

Le Toubib, c'était un pote de son daron, et tout le monde le connaissait dans le quartier. Il était craint et respecté en même temps que l'objet de constantes moqueries. Ces dernières tenant principalement au fait que, bien qu'âgé de bientôt trente-cinq ans, il vivait encore chez ses parents. Sa mère, vieille femme à la voix éraillée et à l'allure de sorcière, terrifiait les mouflets du quartier en les insultant copieusement dès qu'ils s'aventuraient un peu trop près de leur pavillon délabré. On racontait de son père, retraité de la RATP, qu'il ne sortait de chez lui qu'à la tombée de la nuit, rapport à une vie entière passée dans les tunnels du métro. Mais la raison principale qui faisait qu'en secret on se payait la fiole du Toubib tenait à une très sévère hypocondrie contractée dans sa plus tendre enfance, et entretenue depuis à grand renfort d'encyclopédies médicales. Il achetait ces dernières aux colporteurs et autres démarcheurs de clubs du livre qui, tous au courant de sa coupable inclinaison, s'étaient passé le mot et défilaient les uns après les autres pour lui refourguer la toute dernière version de tel ou tel *Larousse médical* rempli de descriptions et de photos parfaitement dégueulasses, mais aux couleurs chatoyantes. Le Toubib (Christian, de son prénom), dès lors qu'il devenait l'heureux propriétaire d'un nouvel ouvrage savant de cet acabit, procédait alors à un étrange manège. Il commençait par le ranger précautionneusement auprès de ses semblables dans sa bibliothèque en pin massif. Cette dernière lui avait été offerte par les mêmes vendeurs en raison de sa contribution à leurs états de service ainsi qu'à leurs primes de fin d'année. Il s'enfermait ensuite plusieurs jours dans sa chambre, se contentant d'avaler à la va-vite des repas que sa mère, habituée à ce qu'elle appelait « ses crises », déposait devant sa porte. Il se mettait alors à tourner en rond dans sa chambre, jetant des regards emplis à la fois de désir et de crainte au volume fraîchement acquis qui le narguait du haut de la bibliothèque. Le premier soir, il se couchait, l'œil brillant, fébrile, et entamait une nuit pleine de réveils intempestifs, de levers soudains puis de retours au plumard, de coups de poing dans les murs et de tête sous l'oreiller. Il ne voulait même pas regarder dans la direction du terrifiant opuscule. Il voulait juste l'oublier. L'oublier une bonne fois pour toutes. Et puis inévitablement arrivait le jour fatidique où, après ces innombrables circonvolutions, il finissait par se saisir du précis médical et s'y plongeait avec une crainte infinie et une non moins terrifiante volupté. Commençait alors une lente plongée, une descente aux enfers toute remplie de ces nouvelles maladies potentielles, de ces innombrables virus. Les photos en couleurs l'accrochaient en tout premier lieu. Ce petit bouton, là, tout noir, ressemblait quand même étrangement à celui qui était apparu sur son genou la semaine dernière, une vraie saloperie, ça. Et cette série sur les plaies de la gorge, toutes de roses chatoyants et de brillances blanchâtres, aucun doute, c'était bien ça qu'il avait aperçu, juste derrière sa luette, quand il avait fait son quatrième gargarisme de la journée, hier. Tout n'était que chancres moussus, grains de beauté bourgeonnants, furoncles furieux, excroissances suspectes, tumeurs fulgurantes et autres champignons non comestibles. Peu à peu, la pression montait, l'angoisse poussait doucement son petit chariot au fin fond du dédale de galeries meublant son cerveau bouillonnant.

Puis venait la deuxième phase, plus intense encore que la précédente : la description des symptômes. Il dévorait alors frénétiquement, et, libérées de toute prévenance rationnelle, les innombrables notices en petits caractères accompagnant les illustrations en quadrichromie et la fureur pouvaient se déchaîner en toute liberté. La petite douleur persistante dans le bras gauche qui se transforme peu à peu en signe avant-coureur de l'infarctus imminent et inévitablement fatal. Ou encore ces migraines à répétition, doublées de légers troubles de la vision, annonciatrices de la redoutable tumeur au cerveau à venir face à laquelle le corps médical, malgré ses infinies compétences, ne pouvait que baisser les bras. Son ventre devenait alors un champ de bataille immense, tout plein de borborygmes sinistres, de contractions terrifiantes, de spasmes frénétiques, de gaz létaux. Il tournait et se retournait dans son lit, incapable de trouver le sommeil, en proie à d'interminables crises d'angoisse et condamné cent fois à une mort imminente après d'atroces souffrances. Il imaginait sa mère, éplorée mais gardant sa dignité face au praticien venu lui annoncer le diagnostic, ou ses potes au bistro s'informant les uns les autres de la nouvelle : « T'es au courant pour le Toubib ? », « Tu savais pour son crabe ? ».

Le paroxysme était alors atteint, et la gamberge finissait par se remettre peu à peu en route. Il envisageait alors les innombrables examens propres à mettre un terme provisoire à sa souffrance du moment. Ayant épuisé une quantité impressionnante de (vrais) toubibs, il était connu comme le loup blanc dans le service radiologie et imagerie médicale de l'hôpital intercommunal de Montreuil, dont il assurait une bonne partie du chiffre d'affaires. L'épisode délirant arrivait ainsi tout doucement à son terme, s'atténuant peu à peu face à la promesse d'une prochaine radio ou d'un rendez-vous avec un spécialiste qui se montrerait, une fois de plus, rassurant. Il remettait alors le précieux volume à sa place, ressortait de sa chambre, embrassait sa mère puis filait au troquet du coin enquiller quelques demis en fumant gauldo sur gauldo jusqu'à l'écœurement. Il se sentait fort de nouveau, invincible, immortel. Jusqu'à la prochaine fois. Jusqu'au prochain volume relié pleine peau et livré à domicile.

Inutile de préciser que son armoire à pharmacie était une vraie synthèse de ce que les labos produisaient de mieux en matière d'anti-inflammatoires dernier cri, antispasmodiques, analgésiques de toute sorte, crèmes, baumes et onguents du même métal.

On ne lui connaissait, par ailleurs, aucune vie sexuelle.

Toutefois, et même si à l'heure de l'apéro les vannes à son propos couraient les bistros du haut Montreuil, personne ne se serait risqué à chambrer le Toubib en face. Le « praticien », hormis ses soucis d'ordre médical, avait récolté une imposante collection de galons dans l'exercice de la cruauté de haut niveau tout au long de sa carrière d'homme de main. Étant par ailleurs doté d'une excellente mémoire, il connaissait son histoire de la grande truanderie montreuilloise sur le bout des doigts.

C'était entendu : le Toubib était, certes, complètement taré, mais c'était aussi, et sans l'ombre d'un doute, un redoutable fils de pute auquel il valait mieux éviter de tourner le dos.

Son pavillon n'était pas bien loin de chez Riton.

Ce dernier s'y rendit donc à pied.

PLAISIR D'OFFRIR, JOIE DE RECEVOIR

« J'vais t'travailler en profondeur, fils. À l'ancienne. Et crois-moi, à la fin tu vas t'allonger, c'est sûr, c'est écrit. Ça s'appelle le mektoub, tu vois. Et donc, si tu te mettais à table tout de suite, histoire de tout me raconter, ben, à moi ça m'économiserait des phalanges, et à toi, des ratiches. On serait comme qui dirait tous les deux un peu gagnants, tu vois. Kess t'en dis, petit ?

— Ben j'en dis que dalle, moi. Kess qu'vous voulez que j'vous dise ? C'est vrai, merde à la fin : vous voulez que j'vous raconte quoi ? » avait répondu Nono tout vibrant de sincérité et d'anxiété.

Le type l'avait dévisagé un moment puis avait fini par lever les bras au ciel, dodelinant de la tête comme s'il se faisait une raison, renonçant à insister face à tant de mauvaise volonté. Il avait enlevé son chapeau, jeté sa veste sur le sol, remonté les manches d'une chemise blanche jaunie et usée jusqu'à la corde puis retiré délicatement ses bagues une à une, les déposant au fur et à mesure dans une coupelle de métal rouillé posée sur un poste de télévision à l'écran éclaté. Il eut quelques difficultés à ôter la toute dernière, une simple pierre noire qu'il portait sur un annulaire noueux. À la main droite. Son visage était usé et parcheminé. Il avait la gueule de ceux qui ont trop pris le soleil, mais ses avant-bras recouverts de tatouages indiquaient qu'il avait dû passer aussi pas mal de temps à l'ombre. Une paire de lèvres minces dessinait un petit sourire désabusé, parfait contrepoint de la froide détermination qui se lisait dans son regard. Il mâchouillait un moignon de cigare éteint.

« Ah, là, là, là, là, là… On va pas s'en sortir si tu fais pas un effort, petit. Y faut que tu m'aides un peu, tu comprends ? »

Nono, histoire de se donner une contenance, se racla le fond de la gorge à la recherche d'une sécrétion quelconque, mais il avait le gosier désespérément sec et se contenta d'avaler sa salive, péniblement.

À chaque fois qu'il se tortillait sur la chaise à laquelle il était ligoté, il sentait le câble électrique qui l'attachait s'enfoncer dans la chair de ses poignets. Il suait comme un goret. Depuis quand était-il assis là ? Une heure ? Deux ? Il avait perdu toute notion du temps.

Ce dont il se souvenait parfaitement, c'était que dans la foulée de son évacuation *manu militari* du troquet, les deux connards à bagouzes lui avaient collé un sac en toile puant l'oignon sur la tête. Ensuite, un bruit de porte qui coulissait puis un vigoureux coup de botte dans le bas du dos l'avaient propulsé vers le plancher d'une probable camionnette. Au début, il avait gueulé tout ce qu'il pouvait, balançant bras et jambes à l'aveuglette. Apostrophant les deux « enculés de leurs mères », les sommant de le relâcher au plus vite sous peine de violentes représailles imminentes autant qu'inéluctables envers leurs ancêtres déjà enterrés, mais aussi sur toute descendance à venir. Mais face au silence total de ses ravisseurs, il s'était finalement résigné à la boucler lui aussi. D'autant que le duo de voyous, après l'avoir brutalement immobilisé, avait fini par le saucissonner proprement tout en lui enjoignant de « fermer sa grande gueule vite fait s'il ne voulait pas se faire arranger au rasoir ». Bringuebalé brutalement au fond de l'Estafette au gré des virages qui s'enchaînaient, il avait senti la vraie trouille le gagner peu à peu.

Après un trajet qui lui parut interminable, le bahut s'était finalement arrêté dans un grand soupir de freins et ses kidnappeurs l'avaient extrait à la sauvage, le traînant par les pieds. Sa tête avait heurté le bord du trottoir, et il avait senti un filet de sang couler doucement le long de sa nuque jusque dans le col de sa chemise. Autour de lui, il entendait des voix de femmes, de mouflets, des bruits de casseroles entrechoquées. Ça sentait la bouffe, la pisse et l'essence. On le releva, le poussa, le tira. On traîna des caisses, déplaça des chaises, ouvrit des portes, et, pour finir, il fut propulsé violemment contre un mur suintant l'humidité. Une poigne ferme lui retira le sac de la tête sans ménagement, puis la porte claqua et il se retrouva dans une semi-obscurité.

« Ho ! Hé ! Mais putain, y se passe quoi, là ? Dites-moi au moins c'que vous voulez ! »

Il était plié en deux sur le sol d'une sorte de débarras aux murs blanchis à la chaux, vaguement éclairé par une ampoule jaunâtre qui pendouillait d'un plafond suintant l'humidité. Contre la paroi la plus proche de lui, des cartons empilés et des sacs de ciment éventrés masquaient à peine des étagères branlantes remplies d'un bric-à-brac poussiéreux. Vieilles casseroles, pots de peinture et outils rouillés voisinaient avec des piles de boîtes de conserve en équilibre instable, des paquets de nouilles et des packs de bière empilés. Ça puait le salpêtre. À l'autre bout du réduit, on distinguait une porte métallique barbouillée de peinture au minium, sur laquelle était clouée une plaque de tôle ondulée. La lourde était fermée par une imposante chaîne elle-même ornée d'un verrou de belle taille.

Nono faisait de son mieux pour se remettre d'aplomb, se tortillant sur le sol de béton froid malgré ses chevilles et ses mains liées. Juste au moment où il parvint péniblement à s'asseoir le long du mur, un bruit métallique se fit entendre du côté de la porte. Derrière, quelqu'un trifouillait le cadenas.

« Allez, gadjo, arrête de t'agiter comme ça. On t'emmène voir du monde. »

Les deux connards du troquet.

« Eh mais moi j'vais nulle part, bande d'enculés. J'en ai ras l'cul, maintenant. Allez vous faire foutre ! Allez-y, détachez-moi et on s'explique entre hommes. Moi, j'vous préviens, j'vais nulle part. »

Il avait gueulé ça sans trop y croire, juste pour le principe. De toute façon, avec les mains dans le dos, il savait bien qu'il était de la baise, alors autant faire bonne figure.

« Kess t'as dit, là ? »

La bouche du plus grand s'était tordue en un sourire crispé. Prenant légèrement son élan, il lui allongea un grand coup de savate dans les reins. Sec et sans bavure. Il se tourna ensuite vers le plus petit.

« Dis, Jimmy, tu l'as vu l'homme, là. T'as vu comme il a une grande gueule, l'oiseau. T'entends comme il chante bien, zarma ! » Puis se tournant vers Nono, l'air mauvais : « Déjà, toi, tu vas moucave, p'tit pédé. Ici, tu fermes juste ta bouche et tu fais c'qu'on te dit, t'entends ? »

L'injonction fut ponctuée d'un deuxième coup de pompe. Dans le bas-ventre, cette fois-ci.

Jimmy se marrait.

Nono, résigné, encaissa le savatage en silence, se contentant de renifler en guise d'acquiescement.

Les deux frangins l'avaient alors alpagué sous les bras, soulevé sans ménagement, puis, après l'avoir plaqué au mur, entreprirent de le détacher.

« Putain, mais y a combien de mètres de ficelle, là ? Vas-y comment tu l'as transformé en saucisson, l'aut', grommela Jimmy, s'acharnant sur les liens. Tu casses les couilles, sérieux.

— Et tu voulais quoi, raclo, qu'il se nachave en descendant du camion ? C'est ça l'travail bien fait, mon gars. Mais ça, toi, tu connais pas, hein. Tiens, chope ça, t'iras plus vite. »

Le grand, en un ample mouvement, sortit un cran

d'arrêt de sa poche, en fit jaillir la lame puis le tendit au besogneux.

« Allez, amène-toi, p'tite tapette. T'as rendez-vous. »

La deuxième pièce était à peine plus grande que le cagibi. Froidement éclairée par deux tubes au néon, elle était entièrement vide de tout mobilier à l'exception d'une chaise en bois branlante à laquelle était fixé un projecteur de jardin, ainsi que d'un poste de télé à l'écran étoilé posé à même le sol. Un lacis de tuyaux entremêlés courait le long des murs de béton gris, disparaissant dans le plafond. Les deux geôliers de Nono l'avaient ficelé de nouveau aux montants de la chaise, mais avec du câble électrique cette fois-ci, puis s'étaient évanouis dans la nature. C'était à ce moment-là que le gros type avec le bitos ramollo et le vieux bout de cigare avait pointé son vilain museau.

Maintenant il le regardait fixement, avec sa tête de vieux reptile à la peau craquelée et des yeux plissés à l'extrême et comme cernés d'un trait de khôl. Faute de mieux, Nono détaillait les nombreux tatouages ornant les avant-bras du lascar, histoire de s'accrocher à quelque chose de concret, de palpable. Un truc qu'il puisse enfin piger dans ce sac de nœuds.

Le mec était un petit musée à lui tout seul : il y avait au moins deux gonzesses à poil aux couleurs passées, un poignard enrubanné orné d'une dédicace à la génitrice du propriétaire, une tête de mort aux yeux sanglants et puis une foultitude d'autres motifs plus ou moins compliqués. Des mots, des phrases à moitié effacées, des symboles à peine lisibles, probables vestiges de séjours en taule ou dans un corps d'armée quelconque. Il en était à détailler sur le biceps du vieux lézard un calvaire des voyous à l'encre noire du plus bel effet lorsque ce dernier, d'une voix doucereuse, le questionna à nouveau :

« Donc t'es bien sûr que t'as rien à me dire, petit ? Rien de rien ? Peau d'balle ? Zobi ? Nib de nib ? C'est bien ça que j'dois comprendre, hein ? On est bien d'accord ?

— Mais putain, qu'est-ce que vous voulez que j'vous dise, bordel de merde ? gueula Nono d'un seul coup, se projetant violemment en avant. J'vous connais pas, j'vous ai jamais vu. J'sais même pas c'que j'fous ici. Alors qu'est-ce que vous voulez que j'vous dise ? J'sais pas quoi vous dire, moi. »

Sa voix se brisa sur la dernière phrase.

Le type s'approcha de lui, l'air goguenard, lui saisit la peau de la joue gauche entre le pouce et l'index et la tordit avec force.

« Tu sais pas quoi me dire, hein ? T'es bien sûr de ça, petite merde ? Attends, je vais essayer de te rafraîchir la mémoire, tu vas voir. Par exemple, si je ne me goure, c'est bien toi qui étais en virée dans le haut Montreuil avec une Traction Avant, la nuit dernière ? Toi et tes deux petits pédés de potes ? Non ? »

Il lui lâcha la joue. Nono le dévisagea, interloqué. Comment il savait ça, cet emmanché ? Et qu'est-ce que la bagnole venait foutre là-dedans ? C'était ça qui l'intéressait ?

« Ben, ouais, opina-t-il du chef, interdit.

— Eh ben voilà, je savais bien que t'avais des trucs à me dire. Et puis tiens, dis-moi si j'ai encore bon, c'est bien toi et tes potes qu'avez embarqué un lascar dans un troquet du côté de La Boissière ? On est d'accord ?

— Ah mais non ! On l'a pas embarqué, nous. C'est lui qu'a voulu venir avec nous. »

La mandale produisit un bruit étouffé lorsqu'elle l'atteignit en plein sur la pommette, qui se fendit sous l'impact.

« Depuis quand je t'ai demandé de faire des commentaires ? Tu réponds aux questions, p'tit branleur, pigé ? Alors, il est monté dans la voiture avec vous, oui ou merde ?

— Oui, OK, il est monté, marmonna-t-il.

— Eh ben voilà, il est monté qu'il a dit. Tu vois que quand tu fais des efforts, on avance. C'est mieux comme ça, non ? Donc il est monté, et après, y s'est passé quoi, hein ? Parle-moi, gadjo, j'en ai ras le cul de t'accoucher comme ça. Vas-y, parle-moi, p'tite pute, ou je vais te passer la gueule au vitriol. »

Nono sentait le sang couler doucement sur sa joue. À force de ramasser des torgnoles, il commençait à avoir la tronche comme un compteur à gaz, mais à l'intérieur ça continuait de gamberger ferme et plutôt tout droit. Une fois de plus, tout ce boxon tournait autour de ce putain de macchabée volant. Ces gars-là le cherchaient plus que sérieusement et semblaient prêts à nombre de vilenies pour le récupérer. Ils étaient déjà au courant pour la virée en bagnole, la rencontre au bistro à La Boissière, mais que savaient-ils du reste de l'histoire ? À aucun moment ils ne mentionnaient l'accident, encore moins la mort éventuelle du type.

Autre chose encore : vu leur façon de jacter, leurs bagouzes à la con et tout le tintouin, ces gars-là étaient tout sauf des caves. Il avait affaire à des bandits. Des vrais. Probablement d'une même famille. Ayant encore du mal à évaluer la nature des liens qui reliaient précisément le distributeur de beignes au cadavre farceur, il hésitait entre se mettre à table ou tenter de continuer de louvoyer. Faire de son mieux pour gagner du temps.

Tout en travaillant du chapeau, il sentit, tout à coup, comme un léger souffle d'optimisme lui chatouiller les chevilles : comme il se doit, les deux connards l'avaient ligoté à la chaise. Pour ce qui était des mains, ils avaient bossé proprement. Pour ce qui concernait les cannes, par contre, il sentait comme un flottement. Ses pieds bougeaient sans trop de difficulté. Or, les guibolles, ça avait toujours été sa force, à Nono. Un genre de spécialité, de botte secrète. Son jeu de jambes était connu dans tout le haut Montreuil, et sa gestion du fouetté-figure ou de la balayette fatale nourrissait nombre de conversations élogieuses entre amateurs de combat de rue. Fort de cet élément nouveau et confronté à une situation qui ne pouvait que s'envenimer salement à court, voire à très court terme, il opta donc pour un changement de stratégie, jouant ostensiblement au con.

« Mais après quoi, hein ? se mit-il à gueuler sur un ton quasi larmoyant. Qu'est-ce que j'en sais, moi, d'après ? J'en sais rien. On a bu des coups, on a rigolé, c'est ça qui s'est passé après. On était bourrés, quoi. Et puis pourquoi que vous me posez toutes ces questions, hein ? J'ai rien fait, moi, je sais que dalle. J'étais avec mes potes, on était bourrés, et l'autre narvalo s'est pointé et, à un moment que je me rappelle plus, il s'est tiré. Voilà, c'est tout ce que je sais. Faut me lâcher, là, putain. J'ai soif, en plus. S'il vous plaît, filez-moi à pillave, au moins. »

Cette fois-là, il ne vit même pas le coup partir. Un vrai direct au plexus, bien appuyé et calé pile-poil. Il se cassa en deux pour tenter désespérément de reprendre une respiration qui, face à la salade de phalanges, avait décidé de se faire la malle au plus vite. Mais une fois l'air revenu dans ses poumons, il fit mine de rester plié de douleur. S'il ne tentait pas un truc tout de suite, il était bon pour finir la gueule refaite à la chaux vive au fond d'un terrain vague, ou balancé depuis les rives de la Marne avec une paire de godasses en parpaings.

« Et voilà, c'est toujours pareil avec vous, les jeunes, lâcha le vieux d'un ton fataliste, faisant craquer ses paluches. Faut toujours que vous déceviez à un moment donné. Au début, vous faites des efforts, vous y mettez du vôtre, on se met à espérer, limite à croire en vous, et puis, paf ! La déception : vous vous mettez à débloquer, à dire des conneries et à chialer pire qu'une gonzesse. C'est pour ça qu'on est, comme qui dirait, obligés de vous corriger. C'est pas comme si qu'on en avait vraiment envie, hein. C'est plutôt comme qui dirait pour votre bien qu'on le fait, tu vois. Faut qu'on vous explique tout bien, juste histoire de vous remettre dans le droit chemin. Tu vois qu'est-ce que je veux dire, môme, hein ?

— C'est moi qui vais te mettre à l'amende, vieux connard ! »

Nono se déplia d'un coup d'un seul et sentit que ses jambes accompagnaient le mouvement en souplesse : il était debout, contraint par la chaise dans son dos mais debout. Fonçant, tête en avant et jambes pliées, il atterrit directement dans le bide de son kidnappeur qui émit un profond soupir en s'écrasant, sonné, contre la paroi du gourbi. Dans la foulée, Nono se retourna d'un coup et se jeta dos contre le mur, histoire de s'attaquer à la chaise. Il s'y reprit à plusieurs fois, cognant comme un sourd tout en surveillant du coin de l'œil le vieux qui, retrouvant peu à peu ses esprits, faisait de son mieux pour se remettre debout. Au moment où il paraissait sur le point d'y parvenir, Nono entendit un claquement de bois sec derrière lui et sentit la chaise éclater entre ses mains. Il se débarrassa des morceaux de bois et du câble électrique, puis, ayant regagné le plein usage de l'ensemble de ses membres, opéra un très léger mouvement de recul, ajusta bien son tir et colla un puissant coup de pompe en plein milieu du visage du gros.

« Oooumpf ! souffla ce dernier, renonçant illico à tout projet de station verticale.

— Tu l'as senti l'péno dans ta gueule, la putain d'ta mère ? Hein, tu l'as senti, dis ? »

Nono était envahi d'une furieuse envie de *vendetta.* Il lui colla un deuxième coup de latte, à l'estomac, cette fois-ci. Il voulait le finir, le vioque. Le ruiner de coups, lui faire bouffer ses ratiches, lui mettre la tronche en steak tartare, lui faire payer les coups dans la gueule et la trouille qui lui avait bouffé les tripes.

« Et maintenant, tu veux que je te dise ce qu'on lui a fait à l'autre enculé ? Eh ben on l'a buté, ce connard, tu m'entends ? Moi et mes potes, on l'a d'abord dépouillé, et après on l'a éclaté à coups de botte et on l'a balancé à poil au fond d'un trou. »

Nono n'épilogua pas. Il avait satisfait ses bas instincts par le biais de ce miteux mensonge. Il attacha du mieux qu'il put les poignets de l'ancêtre avec le fil dont il venait de se libérer. Restait maintenant à se tailler, et *fissa* encore.

S'arracher.

Mettre les bouts.

Les adjas.

Se trisser.

Foutre le camp.

Vite.

N'ayant pas la moindre idée de ce qui l'attendait derrière la porte, il opta pour la version lourde et attaqua la serrure à grands coups de saton. Elle finit par céder dans un vacarme de ferraille éclatée, et il déboucha dans un couloir sombre aux murs parcourus de fils électriques et de tuyaux de toutes sortes et de tous diamètres. Tout au fond, il y avait une autre porte à double battant qui, elle, s'ouvrit sans rechigner.

Face à lui, deux caravanes reposant sur des parpaings étaient reliées à la cahute en dur dont il venait de sortir par une sorte de toit constitué de morceaux de tôle ondulée assemblés à grand renfort de sandows et de bouts de ficelle. Deux ou trois serre-joints rouillés parachevaient l'ouvrage branlant. L'ensemble fabriquait comme une sorte de petite ruelle seulement éclairée par des ampoules jaunes suspendues à une sorte de fil à linge. À ses pieds, un gamin crasseux en slip et tricot sans manches était assis avec des jouets entre les jambes et le dévisageait sans paraître plus surpris que ça. Instinctivement, Nono lui caressa le dessus du crâne et parut hésiter une fraction de seconde. À droite ? À gauche ?

Un peu plus loin, assise sur un pliant, une vieille le dévisageait, interloquée.

« Vas-y, Franck, chope-le, ce bâtard ! »

D'abord estomaqués de découvrir leur prisonnier planté là, les deux frangins déboulèrent à toute blinde du fond du couloir. Franck cavalait en tête. Jimmy, en deuxième position, faisait de son mieux pour tenir le rythme tout en remettant son pantalon. Nono bifurqua sur la gauche au bout du petit couloir et déboucha dans un vaste parking désert. Il fonça tout droit sans réfléchir. Derrière lui, il entendait les talons de ses poursuivants heurtant le bitume à un rythme régulier et se rapprochant dangereusement. Il accéléra. Émergeant de la rampe, il aperçut quelques mètres plus loin, à l'extérieur du bâtiment, une portion d'autoroute légèrement en surplomb qu'il identifia immédiatement. Derrière lui, le bruit des pas avait cessé.

Et d'un coup, il reconnut tout ce qui l'entourait. Les fenêtres comme des meurtrières du bâtiment de béton, les escaliers extérieurs accrochés à la tour rougeâtre. Mozinor ! Ces connards l'avaient enfermé dans Mozinor. En même temps, ça paraissait logique. Depuis son inauguration, il n'avait jamais vu personne dans ce bunker à la con.

Et pile au moment où il commençait à calculer le temps qu'il lui faudrait pour se rapatrier vite fait vers le Bel-Air, il entendit comme un monstrueux grondement de ferraille derrière lui. Le hurlement provenait du moulin d'une bagnole qui, émergeant du fond du parking, lui fonçait dessus à toute vibrure.

C'était un break 404 gris déglingué.

À l'intérieur, on aurait dit une armée.

Nono piqua des deux derechef.

SOLDATS D'INFORTUNE

« Bonjour, m'dame ! Il est là, Christian ? »

Riton se dandinait d'un pied sur l'autre face à une petite femme au regard mauvais et aux cheveux clairsemés, toute chemisée de pilou. Il avait jamais pu la piffrer, cette vieille vache. Surtout depuis le jour où, tout petit, elle l'avait chopé en train de traînasser dans leur garage à la recherche d'une connerie à faire, et qu'elle l'avait ramené à ses parents en le tirant par les cheveux tout le long du chemin.

« Kess tu y veux à Christian, p'tit branleur ? se contenta-t-elle de lâcher, laconique et déjà prête à lui fermer la porte au nez.

— C'est rapport à une affaire qu'on a ensemble, m'dame. Un genre de boulot.

— Parce que tu vas me faire croire que ça bosse, les merdeux dans ton genre ? Dis, tu te fous d'ma gueule ou quoi ? Allez, casse-toi, p'tit con, il est pas là, Christian. Il est barré. Dégage, j'te dis. »

Son haleine empestait l'ail rance, et ses vieilles jambes striées de vergetures plantées dans des mules roses à pompon tremblotaient doucement. Écœuré par le tableau et découragé à l'idée de repartir bredouille, Riton s'apprêtait à faire demi-tour lorsqu'une voix jaillit du fond de la cuisine.

« C'est qui, m'man ?

— C'est rien. C'est personne. J'm'en occupe », grommela-t-elle.

Riton sauta sur l'occasion et, d'une voix ferme, gueula :

« C'est moi, Toubib, c'est moi, Riton ! »

La vieille, se sachant vaincue, le fusilla du regard puis s'effaça pour le laisser entrer. Sourire aux lèvres et main tendue, le Toubib, en short et débardeur usé, déboulait du fond de la bicoque.

« Ah bah, salut, môme ! lâcha-t-il d'un ton enjoué, fais pas gaffe à la daronne, hein, tu sais comme elle est : plus connasse que méchante. Qu'est-ce qui t'amène, mon p'tit pote ? Attends, viens, on va se mettre dans la cuisine. J'te sers un godet ? »

Riton, le cœur encore tout au bord des lèvres, hésita une fraction de seconde, puis se souvint qu'il venait solliciter le Toubib sur une affaire compliquée autant qu'importante, et que, par conséquent, il était préférable d'accepter sans barguigner le verre de l'amitié, manière de damer la piste et de lisser les rapports sociaux à venir.

« C'est pas de refus. »

Le Toubib avait toujours bien aimé Riton.

Il connaissait ce gosse depuis qu'il était tout petit, ayant été, pendant quelques années, en affaires avec son père, qui lui avait même sauvé la peau lors d'un cambriolage ayant mal tourné au fin fond d'une zone pavillonnaire de la banlieue est. Sans son intervention ce jour-là, Christian aurait vu ses soucis d'hypocondrie réglés une bonne fois pour toutes. Il était, par conséquent, en compte avec le Kabyle, mais vu que ce dernier s'était rangé des voitures et vivait quasiment reclus et confit dans l'alcool, le Toubib faisait de son mieux pour payer sa dette en filant tous les coups de main qu'il pouvait au môme quand l'occasion se présentait.

Ils pénétrèrent dans une cuisine exiguë mais bien tenue, aux murs jaune pâle recouverts d'une fine pellicule de graisse accumulée au fil des ans. Le Toubib sortit une bouteille de Ricard et deux verres à moutarde d'un placard fatigué et y versa d'autorité double ration de jaune. Tirant ensuite une chaise sur laquelle il s'installa à califourchon, il alluma une gauloise avec la boîte d'allumettes de cuisine qui traînait sur la table.

Riton restait planté là, ne sachant comment entamer la discussion.

« Assieds-toi, môme, assieds-toi ! Ben alors, qu'est-ce qui t'arrive ? J'me doute bien que t'es pas juste passé pour prendre l'apéro avec moi, hein. Et puis t'es blanc comme un cul, là ! On dirait que t'as vu le Sheitan. Qu'est-ce qui se passe, mon gars ? Vas-y, mets-toi à table. Raconte, lui enjoignit-il d'un ton qui se voulait apaisant.

— Ben, c'est… comme qui dirait un genre d'embrouille. Mais plutôt genre grave, tu vois, balbutia Riton.

— Bon, y a pas mort d'homme non plus, hein ?… Dis ?

— Ben, justement… » murmura quasiment Riton.

Alors il se lança une bonne fois et déroula toute l'histoire d'une seule traite : la bagnole, l'accident, l'enterré qui se transforme en fantôme et puis le carton sur le palier, la tête de son pote et, pour finir, le mot, la menace, l'ultimatum.

Et plus il avançait dans son récit, plus le Toubib prenait un air grave. Lorsque le loubard en eut fini, un long silence s'ensuivit. Le Toubib, gardant le silence, torcha ce qui restait au fond de son verre, s'en remettant une grande ration dans la foulée. Riton, la bouche sèche, se contenta, lui, d'une pauvre gorgée. Le cœur n'y était pas.

« OK, cette fois-ci on dirait bien que t'es un peu dans la merde, mon garçon », lâcha l'hypocondriaque en se frottant les paupières, l'air soucieux.

Riton, plongé dans l'observation de la pointe de ses bottes, garda le silence.

« Tu veux que j'te dise, pour moi, ça, c'est un truc de Gitan. Ces enculés travaillent jamais tout droit. Faut toujours qu'ils fassent dans la cruauté, le vice. C'est leur style. Ça me fait penser à un lascar que j'ai fréquenté dans le temps. Il faisait dans le genre barbare dès que ça concernait sa famille ou ses lovés. J'me rappelle d'une fois où lui et ses fils avaient rectifié un mec à la feuille de boucher parce que ce con avait trouvé malin d'aller se vanter partout d'avoir refilé sa blenno à une des filles du gonzier. J'peux te dire qu'ils la lui ont soignée, sa chaude-pisse, et comme il faut, encore. Franchement, ça pourrait bien être un mec dans ce genre-là. Et si c'est bien comme je pense, c'est du gros calibre. Tu vas pas pouvoir gérer ça tout seul.

— Ben justement, c'est rapport à ça que je suis venu te voir…

— Ouais, j'avais bien pigé, t'inquiète. Y a pas

de problème, on va te trouver une solution. Ça se fait pas de zigouiller sans discuter, c'est un truc de malade, y a pas de respect, là. C'est juste que, ces mecs-là, c'est pas des petits loubards, tu vois. C'est des bandits. Des hommes. Des vrais dangereux. On peut pas faire n'importe quoi avec ces lascars-là. Faut trouver les bons mecs, faire le bon mouvement. T'es sûr que ça te cause pas, cette histoire de pognon ? Il avait vraiment rien sur lui, le mec ? Même dans la voiture, quand vous avez cartonné ?

— Dans la bagnole, y avait que dalle, Toubib, sur la tête de ma mère.

— Laisse ta mère tranquille, petit. Et y t'ont dit que t'avais jusqu'à quelle heure pour ramener l'oseille ?

— C'est écrit dix minutes avant la fermeture du parc, sur le papier. »

Il sortit la missive crasseuse et ensanglantée de sa poche et la tendit au Toubib.

« J'ai une idée, mais va falloir faire *fissa*, enchaîna ce dernier, en s'emparant d'une vieille veste en cuir marron dans laquelle il enfourna ses deux paquets de gauloises accompagnés de la grosse boîte d'allumettes de ménage. Viens, on va passer par l'atelier, histoire de s'équiper, et j't'emmène après. Pour un truc comme ça, j'ai des gars qui pourraient faire l'affaire, et à cette heure-ci, ils traînent souvent dans un rade que je connais du côté de la rue d'Avron. On va essayer de te sortir de cette chierie, et si y a des lovés à ramasser en plus, ben on fera parts égales. »

Riton hocha la tête en silence. Il s'en foutait bien, lui, de cette histoire de fric. Ce qu'il voulait, c'était récupérer son pote et ne plus entendre parler de ce merdier. Le Toubib, même s'il mesurait le sérieux potentiel d'emmerdements, voyait là l'occasion de solder une bonne fois pour toutes sa dette au Kabyle, voire, éventuellement, de gratter ce qu'il y aurait à gratter.

Et puis il aimait vraiment bien ce gosse.

« Te fais pas de mouron, fils, tout va bien se passer. » Il attrapa Riton par le bras et se dirigea vers le jardin, embrassant sa mère au passage. « Je sors, m'man. M'attends pas pour bouffer.

— Fais bien attention à toi, mon grand », lâcha la sorcière d'une voix presque douce.

Une voix de maman, pensa Riton.

L'atelier du Toubib, ancien garage recouvert de lierre planqué tout au fond du jardin, était une véritable caverne d'Ali Baba pour délinquants. Quand il disait à sa mère qu'il allait « bricoler », elle se contentait d'enregistrer l'information sans autre commentaire et tenait les éventuels importuns à distance afin que son fils puisse bénéficier pleinement de la paix intérieure que procurent les travaux manuels. On y trouvait tout le nécessaire à l'exercice du métier : pinces, crics, chignoles à main où perçeuses-défonceuses voisinaient avec une quantité astronomique de rouleaux de scotch et de gants de protection de toutes sortes. Tout au fond de la resserre, il y avait une vieille malle dissimulée sous une pile de couvertures mitées. Cette dernière renfermait le matériel un peu plus compliqué à laisser au grand air. Le Toubib sortit du fond de sa poche une grosse clé plate et ouvrit le cadenas.

C'était plutôt de l'artillerie légère, dans l'ensemble : prudent, il avait pour habitude de se débarrasser, dès le coup terminé, des pétoires trop compromettantes. Il conservait, par contre, un certain nombre d'articles de destruction plus légers, histoire de parer aux coups durs sans pour autant se compliquer la vie avec des histoires de permis et autres tracasseries administratives.

Ramassant un grand sac de toile qui traînait, il y fourra deux grenades à plâtre récupérées auprès d'un troufion de ses amis, un pistolet à grenaille du type gomme cogne, arme assez peu létale mais présentant l'intérêt de ressembler à un vrai calibre, ainsi qu'une carabine 22 long rifle encore dans son emballage d'origine, sur lequel était spécifié « uniquement destinée au tir sportif ». Le canon de la 22 avait été raccourci de manière artisanale pour des raisons pratiques.

Le Toubib colla ensuite plusieurs rouleaux de gros scotch de déménagement ainsi qu'un paquet de sacs-poubelles dans une valise en carton bouilli qu'il enfourna, elle aussi, dans le sac.

« On va prendre ma caisse, ça sera plus pratique. »

Ils collèrent le matos dans le coffre d'une Merco grise garée devant l'entrée du pavillon – un break modèle 123 – puis décarrèrent en direction de la mairie de Montreuil. Le Toubib, homme de principes, avait toujours roulé allemand mais jamais clinquant. Pas de décapotable de baltringue ou de petite sportive pour se la raconter. Non. Ce qu'il aimait, lui, c'était la bagnole de patron de PME, solide, puissante et rassurante.

« Et pis, les Boches, tu peux leur faire confiance niveau solidité du matos », ajoutait-il systématiquement. Sachant que la solidité, dans son secteur d'activité, c'était important.

Durant le trajet Riton ne pipa mot, se contentant d'écouter le conducteur lui raconter en long et en large ses derniers examens médicaux tous plus rassurants les uns que les autres. Il en était à détailler une coloscopie récente lorsqu'ils dépassèrent la mairie puis filèrent vers la Croix-de-Chavaux. Ils laissèrent cette dernière derrière eux, empruntant la rue de Paris vers la Porte de Montreuil.

Le troquet, sombre, long et étroit, était situé tout au bout de la rue d'Avron, un peu avant d'arriver place de la Nation. Derrière un comptoir, lui aussi tout en longueur, officiait un barman taciturne aux bras et au visage ornés de tatouages en tout genre, mais plutôt de ceux vous classant dans la catégorie des types que l'on évite de contrarier. Il salua le Toubib d'un rapide coup de menton, ignorant ostensiblement Riton. Tout au bout du bar, dans la partie la plus obscure de la salle, trois types étaient assis à la seule table du bistro. Le plus baraqué avait une bonne trentaine, la nuque épaisse et des bras comme des cuisses de sumotori. Juste à côté de lui se tenait un homme un peu plus âgé au visage parcouru de tics nerveux, qui tripotait frénétiquement la gourmette en argent ornant son poignet sur laquelle était gravé Daniel en lettres cursives. Le troisième larron était court sur pattes et maigre comme un coucou. Ce fut le premier à apercevoir Riton et le Toubib. Il se leva, posa son verre de bière, épongea la mousse de sa moustache en forme de balai-brosse et s'essuya la main droite sur son pantalon crasseux avant de la tendre au Toubib.

« Salut, Christian ! Ben dis donc, ça fait une chiée, non ?

— T'as raison, on dirait bien que ça fait un bail. Ça baigne, Petit Fred ? Les affaires ? La famille ?

— Ben comme tu vois, Toubib, on bricole gentiment. Vous buvez kek chose ? » On tira deux chaises en plastique du fond de la salle, remit une tournée de demis puis on tint salon entre vieilles connaissances. « Et alors, qu'est-ce qui vous amène dans les parages, toi et le jeune ?

— Ben d'abord, que je vous présente Riton, les gars. Ce môme-là, c'est le fils au Kabyle. Vous vous souvenez du Kabyle ? On avait fait affaire ensemble deux trois fois, dans le temps. »

On se souvenait.

On opina.

« Tu vois, Riton, lui c'est Petit Fred, çui-là qu'est à côté, c'est le Katangais, mais tu peux aussi l'appeler Daniel, et le grand, là, ben c'est Bulldozer. »

Riton inclina respectueusement la tête. L'aimable assemblée s'en serra cinq avec énergie.

« Ce jeune, là, je le connais depuis qu'il est mouflet, enchaîna le Toubib. Je l'aurais, comme qui dirait, fait sauter sur mes genoux, donc c'est tout comme mon fils, hein. Pareil. C'est la famille, quoi. Et là, il aurait besoin qu'on l'aide pour se sortir d'une embrouille dans laquelle il s'est foutu avec ses potes, dimanche dernier. En gros, ils ont embarqué un lascar en maraude avec une nouvelle bagnole qu'ils venaient de toucher et ils se sont mangé un mur. Ils ont d'abord cru que le gars était repassé. Donc ils l'ont enterré et ont fait découper la voiture en morceaux par un pote. »

M. Cuisses de lutteur, appréciant la gestion de crise tout en souplesse, fit une grimace d'approbation.

« Sauf que le lascar était pas mort, et qu'il s'est fait la malle sans prévenir, dans la foulée. Disparu. Depuis, y a un type qui les accuse de l'avoir buté pour étouffer un pognon qui lui appartiendrait, à lui, le mec…

— L'allongé qui se fait la malle ? Carrément ?! C'est un truc de malade, cette affaire », s'exclama l'homme à la gourmette.

Le trio de malfrats en était comme deux ronds de flan.

« En plus, le mec en question a l'air vraiment mauvais. Il a déjà fumé un des trois gamins à la vicieuse, sans discuter : le môme a reçu la tête à son pote dans un carton, tout à l'heure.

— Puuuuutain ! » en rajouta la gourmette.

Le Toubib marqua une pause dans son récit, manière de bien faire mesurer à ses ouailles l'aspect extrêmement répréhensible de cette conduite. Pas tant dans la nature de sa réalisation même, plutôt bien gérée dans l'ensemble, d'ailleurs, mais du fait d'une très grande précipitation ainsi que de l'absence de toute négociation préalable à des représailles plutôt surdimensionnées.

La surprise laissa place à un silence désapprobateur.

« Maintenant, il a cravaté l'autre gamin et il réclame sa thune ce soir au parc Montreau, sous peine de le refroidir lui aussi. À mon avis, vu comment le mec est chaud et déterminé, y a vraiment de la thune planquée quelque part. Sauf que le môme, là, me jure sur sa mère qu'ils n'en ont jamais vu la couleur, et que c'est plutôt l'inconnu qui s'est incrusté lui-même pour la virée. C'est bien ça, hein, Riton ?

— Je pourrais pas mieux dire, Toubib.

— Alors, les gars, moi je vous le dis tout net : faut faire quelque chose. On peut pas laisser faire. Y a des règles, quand même ! Ces gars-là ont pas de mentalité, pas de respect. Qu'on soye près de son pognon, ça, je respecte, c'est normal. Mais qu'on zigouille un gosse comme ça, sans discuter, ça se fait pas. Les représailles, c'est après, pas avant. Comprenez-moi bien, je veux pas vous forcer la main, mais pour moi, c'est net : je vais aider le gamin. »

Préférant jouer l'angle de la scandaleuse transgression d'un fantasmatique code d'honneur auquel aucun voyou digne de ce nom ne croyait depuis des lustres plutôt que la stricte cupidité, le Toubib n'insista guère sur le pognon fantôme. De toute façon, connaissant ses troupes depuis des lustres, il était parfaitement conscient que la loyauté sur laquelle il pouvait compter pour cause de services rendus était un édifice fragile, et que la moindre apparition de cash redistribuerait immédiatement les cartes entre les associés de circonstance.

Daniel, le plus petit des trois, brisa le silence d'une voix haut perchée et rongée par le tabac.

« Franchement, Toubib, c'est sûr que l'affaire pue un peu, mais on devrait quand même pouvoir se démerder. Et tu sais bien que tu peux toujours compter sur nous. Rapport à l'honneur. En même temps, si y a moyen de gratter un peu de thunes à un moment, on a rien contre non plus, hein les gars ? »

La montagne de muscles se contenta d'un hochement de tête approbatif.

« Et t'as une idée sur comment on réglerait les choses ? questionna le moustachu maigrelet.

— Ben quand le môme m'a raconté toute l'affaire, j'avoue que j'étais un peu emmerdé : les histoires d'otage, c'est toujours casse-couilles. Tu fous le pognon sous un banc, dans une poubelle, le mec se tire avec ton oseille et t'as jamais de garantie que tu vas récupérer le gonzier. Ou alors, faudrait s'la raconter façon films d'espions, avec le pont qu'les mecs traversent le matin, les barbelés, la brume, la gonzesse qui pleure et tout le tintouin. Sauf que, dans le secteur, on n'est pas trop équipés pour. »

Ménageant ses effets, il s'enfila une longue rasade de bière, reposa le verre délicatement sur le sous-bock puis balaya l'assistance du regard. Les trois mercenaires étaient suspendus à ses lèvres.

« Et puis je me suis rappelé le truc de l'éboueur. Une enfile qu'on avait mise au point y a un bail, pour récupérer le fils à ce con de Momo qu'avait pas honoré une dette de jeu auprès de mecs un peu… compliqués. Momo, vous voyez ? Le mec qui tient le bar-tabac en haut du boulevard Aristide-Briand. »

Ce con de Momo, tout le monde voyait.

Et son fils aussi, d'ailleurs.

Le Toubib se racla la gorge et enchaîna :

« OK. Alors, l'idée c'est que, au début, on commence par le truc classique avec les journaux qui remplacent le pognon. Sauf que, le truc cette fois-ci, c'est de les découper exactement à la même taille que des vrais biftons. J'avoue que c'est un peu chiant, mais c'est important, hein ! Parce qu'après, au lieu de les coller direct dans la valoche comme ils font dans les feuilletons à la con, ben tu les emballes d'abord dans un sac plastique bien balaise, façon poubelle de jardin. T'en prends un grand et t'hésites surtout pas à bien l'enrouler serré autour des talbins. »

Tel un Raymond Oliver de l'arsouillerie – accent girondin en moins – et face à un auditoire captivé, le Toubib était au taquet. Il avait basculé dans la pédagogie délinquante et y prenait un plaisir manifeste. C'était son moment. Conscient de l'effet produit sur son public, il cherchait la phrase qui ferait mouche, en faisait des caisses, ponctuant ses propos de grands gestes, d'œillades appuyées, cherchant l'approbation, le sourire complice.

« Et là, l'autre truc vraiment, mais vraiment important, ce serait quoi, à votre avis ? »

Le suspense était à son comble. Tenus en haleine, les quatre ne firent même pas mine de répondre à la question qui, de toute façon, tenait plus de la rhétorique que du jeu des mille francs.

« Le scotch. Le truc qui fait la différence, c'est le scotch ! » Il s'enfila une longue lampée de bière et enchaîna : « J'explique : le gonzier qui vient récupérer la thune, en général il ouvre la valise plus ou moins discretos, histoire d'y jeter un coup d'œil et de vérifier que le pognon est bien dedans. Sauf que nous, on a emballé tout ça façon rosbif. Le scotch il est tellement serré autour qu'à moins d'avoir une lame sous la main, tu peux juste pas ouvrir. Donc le gars il va triturer un peu le sac, manière de sentir ce qu'y a dedans, mais y va pas pouvoir s'éterniser. Quand il fait beau comme ça, le parc Montreau, c'est blindé, et quand les gardiens vont siffler la fermeture, y aura du monde partout. Vu qu'on a bien découpé les biftons à la taille, il va se dire qu'on a collé du scotch pour protéger la cargaison et qu'il a affaire à des mecs soigneux, prudents. De toute façon, c'est pas comme s'il avait tellement le temps de choisir une autre option. Une fois qu'il a déposé la thune, Riton se tire. Nous, on s'est organisés pour se planquer dans le secteur à plusieurs endroits, et dès que le lascar se casse avec la valoche, on le filoche.

— Et c'est quand que tu veux qu'on le cravate ? demanda le Katangais.

— On bouge pas avant d'être sortis du parc ! Tout ça, c'est une affaire de timing, comme on dit. Avant de le choper, faut qu'on voye bien comment ça se danse. Si on repère que des lascars se pointent, faut l'arracher direct avant le contact. S'il bosse en solo, on est peinards, on le cravate en souplesse, on le colle dans la Merco et on le travaille tout de suite en force : pas question qu'il se mette à gueuler. Dans l'ordre, faut qu'on sache : où ils ont remisé le pote à Riton, qui c'était le lascar qu'a disparu et d'où qu'elle vient l'oseille. Avec ça, on aura un peu de matos pour essayer de mettre la main sur le gosse. Et si pognon il y a, ben on fera part à cinq. Je garantis pas que l'affaire est… dans le sac, mais pas loin. »

Et sur ce bon mot, il en resta là. Il avait soif.

« Franchement, Toubib, partagez en quatre. Je m'en fous du pognon. Je veux juste récupérer mon pote. » Riton avait la lèvre inférieure qui tremblait.

« Je comprends, gamin. »

Daniel se retourna vers ses acolytes, cherchant leur assentiment.

Bulldozer, homme de peu de mots, se contenta d'un grognement d'approbation tandis que Petit Fred se leva lentement, cracha dans la paume de sa main et la tendit vers le Toubib qui glaviota de même et lui en serra cinq. Le Katangais tripotait sa gourmette, sans un mot, il ramassa un attaché-case noir qui traînait sous la table. Le moment était empli de solennité.

Riton était traversé de sentiments confus, hésitant entre excitation et trouille bleue : il venait de plonger dans le grand bain avec une vraie bande d'affreux. Ces mecs-là ne rigolaient pas. Ou en tout cas, pas tout le temps. Les associés torchèrent leurs demis, réglèrent une note longue comme un bras d'enfant et saluèrent le patron silencieusement en quittant l'estaminet.

Ils s'engouffrèrent dans la Mercedes.

FESTIVAL DE CARNES

La circulation était fluide et ils regagnèrent le haut Montreuil sans encombre. Juste après les Sept-Chemins, le Toubib arrêta la voiture sous le pont autoroutier, moteur allumé.

« Si tu voulais bien distribuer l'équipement maintenant, Daniel, ça serait plus tranquille que devant chez le gosse. »

Le Katangais ouvrit l'attaché-case et procéda à la répartition entre associés. Petit Fred et Bulldozer devinrent ainsi les heureux propriétaires qui d'une matraque télescopique, qui de ce qui ressemblait fort à une machette de belle facture quoiqu'un peu rouillée. Le Toubib, déjà bien outillé, déclina l'offre qui lui fut faite d'un deuxième flingue à grenaille, Riton héritant, quant à lui, d'un cran d'arrêt d'une taille plus qu'honorable. Daniel s'était réservé la plus belle pièce : un Manurhin MR 73 avec son étui d'épaule.

Le flingue, authentique arme de service, avait été récupéré sur un inspecteur de police peu soigneux qui avait fort opportunément perdu connaissance lors d'une descente un peu improvisée dans une cité. Gêné par les regards de convoitise de ses deux associés, il toussota.

« Je dis pas que ce sera indispensable, hein. C'est juste que lui et moi, on se connaît depuis un bail, et que je me sens toujours mieux si je l'ai avec moi. Un genre de porte-bonheur, quoi. »

Respectant superstitions et croyances personnelles, les autres opinèrent du chef. De son côté, Riton n'ayant pas vraiment envisagé l'hypothèse armes à feu jusque-là avait la sensation que sa vie ressemblait maintenant à un film de gangsters du dimanche soir à la télé. C'était la première fois qu'il voyait une pétoire de ce genre d'aussi près, et le bloc de métal noir graissé semblait signifier qu'on était passé dans une autre dimension.

Daniel enfila soigneusement l'étui d'épaule qu'il dissimula ensuite du mieux qu'il put sous son blouson. Le Toubib redémarra en douceur. Ils se garèrent à quelques encablures de chez Riton, le plus loin possible de tout commerce.

Pour arriver jusque-là, ils avaient roulé fenêtres ouvertes, nez au vent et toutes gauloises allumées.

Dehors, le printemps était bien installé, il faisait doux et on entendait encore quelques piafs dans les platanes du boulevard Aristide-Briand. La conversation avait tourné, comme à l'accoutumée, autour de leurs souvenirs communs. Long catalogue de coups foireux plus ou moins violents, de braquages à la petite semaine, d'ouvertures nocturnes de pavillons en meulière ponctués d'hommages émus à l'ancienne voyoucratie qui « avait du respect, elle », contrairement aux « merdeux de maintenant qui n'avaient vraiment aucune mentale ». Une ribambelle d'équipées sauvages parfois rémunératrices mais majoritairement pourvoyeuses de séjours à l'ombre. Leurs rencontres avaient toutes été le fruit de ces diverses errances délinquantes quelques années auparavant.

Petit Fred avait commencé sa vie professionnelle à la fin des années soixante dans le socio-cul, faisant de son mieux pour inculquer les vertus de la citoyenneté aux traîne-patins d'une cité de Bondy. Atelier théâtre, ciné-club, poterie ou macramé, il avait œuvré d'arrache-pied à dépenser à bon escient le pognon que la municipalité larguait à tour de bras pour tenter de se payer une paix sociale. Mais peau de balle, les glandus qui tenaient les murs préféraient de très loin tourner sur leurs brèles ou défoncer des flippers au troquet du coin plutôt que d'écouter de vieux babas leur vanter les mérites du mélange des cultures, ou de l'application d'argile pour soigner les blessures superficielles. Ils ne manquaient pourtant pas de cicatrices.

Coup de bol pour la mairie et ses édiles, l'arrivée massive dans la cité d'une héroïne d'une qualité raisonnablement létale avait fait le nécessaire pour éteindre, une bonne fois pour toutes, les ardeurs rebelles de cette jeunesse dévoyée. En quelques mois, ce fut une véritable hécatombe. Petit Fred, ayant d'abord vaillamment résisté, finit par succomber lui aussi aux charmes de la pompe. Le peu de solidarité de classe qui restait encore s'effaça lorsque les crises de manque secouèrent les jeunes et maigres carcasses. En trouver, à tout prix et n'importe comment, devint rapidement le mot d'ordre des lascars. Autant dire que la poterie et le macramé firent bien pâle figure face à la déferlante d'embrouilles urbaines et d'arrachages de sac à main en tout genre qui se répandit dans la cité et ses rues avoisinantes. La vie même était recouverte d'une fine couche de poudre blanche.

De constitution fragile, l'animateur se mit à dépérir à vitesse grand V. Maigre comme un coucou, il vivotait péniblement entre deux shoots pour finir par un jour disparaître du secteur pour de bon. C'est le Toubib qui le ramassa au fond d'une cave du Bel-Air, garrot autour du bras et shooteuse pendante, les yeux à la renverse, un filet d'écume au coin des lèvres. Adepte de la méthode forte, il ramassa l'ensemble du matériel du junkie, balança petite cuillère, coton et reste de poudre, écrasa méthodiquement la seringue à coups de talon, puis, après avoir vérifié que Petit Fred respirait encore, sortit non sans avoir pris soin de refermer la porte de la cave, mais à clé cette fois-ci. S'ensuivirent de longues semaines de désintox à la brutale, le Toubib passant deux fois par jour pour ramasser les déjections diverses de son ami et l'alimenter en fruits frais, cigarettes et bouteilles de sirop codéiné. Petit Fred finit par sortir un matin de sa cave au bras de son protecteur, flageolant des guibolles et clignant des yeux. Ce jour-là, il avait balayé la cité du regard, respiré un grand coup et résolu d'opter une bonne fois pour toutes pour la petite délinquance plutôt que la toxicomanie.

Franchement, au final, c'était quand même nettement moins dangereux.

C'était l'amour de la cogne qui avait soudé l'amitié des deux autres lascars. Daniel et Bulldozer partageant, depuis leur plus tendre jeunesse, une passion immodérée pour la distribution de mandales, ils avaient toujours fait en sorte de pouvoir combiner ce hobby avec leur source de revenus. Du trafic de mobylettes au simple dépouillage de rue, ils étaient peu à peu passés à des activités nettement plus rémunératrices : braquage de pavillon ou d'épicerie, vol de bagnoles puis revente à des ferrailleurs. Mais c'est à la fin des années soixante que leurs vies prirent un tournant plus surprenant, lorsque, au hasard d'une soirée houblonneuse et enfumée dans le haut Montreuil, Bulldozer et Daniel se virent promettre par deux inconnus aux dégaines d'anciens légionnaires une pétoire, et la perspective de quelques frictions viriles avec les forces de l'ordre, en échange de leur présence au côté des étudiants de la Sorbonne occupée. Ils démarrèrent ainsi, avec la bande des Katangais, une brève carrière d'enragés aux côtés des jeunes Mao et autres trotskos du Quartier latin. On les retrouvait dans le quartier faisant le coup de poing aux premiers rangs des innombrables manifs, tout en déployant leurs charmes estampillés cent pour cent classe ouvrière auprès de la gent estudiantine de sexe féminin. Ils excellèrent rapidement dans les deux domaines, commençant même à agacer sérieusement certains des leaders étudiants les plus engagés, qui voyaient d'un mauvais œil se développer une violence de moins en moins révolutionnaire mais de plus en plus gratuite et conséquente. Sans parler de leurs très nombreux succès féminins.

Les agitateurs politiques finirent par virer toute la troupe de mercenaires *manu militari* de la Sorbonne occupée. Les deux Montreuillois, assez peu charpentés idéologiquement, abandonnèrent bien vite toute velléité politique et retournèrent à leurs occupations délictueuses habituelles. Ils avaient toutefois ajouté à leurs multiples compétences guerrières le combat de rue collectif ainsi que l'occupation d'université. Daniel en garda aussi son surnom, le Katangais, Bulldozer n'ayant, quant à lui, aucun besoin d'un ajout à un patronyme qui parlait de lui-même. Tous deux en déshérence du fait de leur éloignement ponctuel des affaires en cours se remirent en quête sinon de boulot, du moins de pognon. Le Toubib, ayant eu vent de leur disponibilité et toujours à la recherche d'associés compétents, les recruta bien vite. S'ensuivit une assez longue période d'activités plus ou moins criminelles dans tout l'Est parisien, séquence qui diminua en intensité au fur et à mesure que leurs séjours en prison se rapprochaient.

Riton, coincé à l'arrière de la Merco entre les cuisses de Bulldozer et la moustache de Daniel, gambergeait à tout-va : avec ces quatre-là, il se savait raisonnablement en sécurité en cas de coup dur. D'un autre côté, la pression montait d'une manière affolante. Une décapitation suivie d'une opération commando gérée par des voyous à l'ancienne en moins de vingt-quatre heures, c'était un peu beaucoup pour sa petite tête de barlou lambda. Sa jambe tremblait et il sentit un filet de sueur courir le long de sa colonne vertébrale. C'était la fin d'après-midi, l'échéance approchait, il avait peur.

Lorsqu'il poussa la porte de sa piaule, le gamin avait les jambes en coton et la tête remplie d'images sanglantes. Le minuscule appart puait le détergent.

« Dis donc, môme, t'aurais pas un truc à boire ? Genre une mousse, un Ricard ? s'enquit Daniel en s'effondrant sur le lit défait.

— Je crois bien qu'y a des bières au frigo. Attends, j'vais voir. »

Ils dégoupillèrent les quelques canettes, brisant ainsi l'étrange atmosphère d'intimité forcée qui s'était installée dans la toute petite pièce sombre.

Le Toubib posa sa veste, alluma une gauloise, inspira profondément puis se tourna vers Petit Fred, manière d'entamer la conversation et de détendre un peu l'atmosphère lourde et poisseuse qui avait envahi la pièce.

« Dis donc, tu l'as revu, toi, Pignolle ? »

Les trois se marrèrent d'un coup comme des bossus.

« Ah putain ! J'l'avais oublié, çui-là, s'étouffa Petit Fred. Aux dernières nouvelles, y z'étaient toujours en rupture de stock de Kleenex au supermarché d'en bas de chez lui. »

Et ils se marrèrent derechef. Riton, assis au bord de son lit, les dévisageait, l'air interrogateur.

« Le mec, c'est une sorte de légende, tu vois, lui expliqua Petit Fred. Je l'ai connu quand je travaillais aux Merisiers, à Bondy. Ce môme-là, il était toujours triste et toujours malade. Y avait rien qui l'intéressait : les bagnoles, les gonzesses, les bécanes, la baston, la musique, rien de rien. Que dalle. Quand il était pas au collège, il passait tout son temps à glander dans la cité ou au local de la maison des jeunes en se défonçant avec tout ce qui lui tombait sous la main. Un coup c'était les sirops pour la toux, une autre fois il reniflait des bouteilles d'Eau écarlate ou d'éther à s'en faire péter les naseaux. Il avait toujours l'œil dans le vide, mais c'était comme un genre de passe-temps, un truc pour s'occuper. En gros, il en avait vraiment rien à foutre de rien. Et puis un jour, il a découvert la branlette, et là, la tête de ma mère, sa vie a changé. Ma parole, c'était comme s'il avait vu Dieu. Comme s'il s'était trouvé un but dans la vie. Il avait un genre de mission, tu vois. Ça lui prenait huit, dix fois par jour. Il fallait qu'il le fasse, là, tout de suite, il pouvait pas s'en empêcher. Imagine, il se trimballait partout avec des tonnes de Kleenex. Neufs ou usagés, en boule ou dans le paquet. Ses poches, ça faisait des bosses de partout tellement qu'il y en avait. Le blème, c'est que comme il avait toujours une chandelle sous le pif, on savait jamais trop si les mouchoirs avaient servi pour éponger le haut ou le bas du lascar. »

Tout le monde se marrait.

Même Riton.

« Ce qui est sûr, en tout cas, c'est que plus personne lui serrait la louche. Quand on le voyait radiner, tout le monde lui faisait genre un petit signe de la tête, tu vois. Et au début, chaque fois qu'une gonzesse nous demandait si Pignolle c'était son vrai nom ou pourquoi il s'appelait comme ça, on prenait un air de mystère, style. Bon, après, sa réputation a vite fait le tour de la téci, et je peux te dire que les raclis le tenaient bien à distance. Toute façon, une gonzesse, il aurait jamais osé s'en approcher.

Du coup, il en avait pas grand-chose à branler, si on peut dire. »

Petit Fred fit claquer sa langue et descendit le reste de sa bière. Le récit circonstancié des exploits de l'onaniste frénétique avait détendu l'atmosphère, et même Riton avait un peu mis de côté le planning de la soirée.

« Allez, c'est pas le tout la rigolade, mais c'est l'heure des travaux manuels. »

On déballa le contenu du sac du Toubib et on se mit au boulot.

Les vieilles revues étaient empilées sur la table de formica. En équilibre instable sur un tabouret et armé d'une paire de ciseaux, le Toubib découpait méthodiquement des rectangles de papier au format billet de banque que Petit Fred et le Katangais assemblaient ensuite en d'élégantes liasses factices. On enroulait ensuite un gros caoutchouc rouge autour pour assembler l'ouvrage.

Ne restait plus ensuite à Bulldozer qu'à les coller dans le sac-poubelle format familial.

Une fois la pile de revues terminée, on paracheva la besogne à grand renfort de scotch de déménagement, puis l'ensemble fut soigneusement collé dans le petit sac de sport.

Ça faisait la blague.

Le Toubib fit brûler les restes de papier dans le cendrier, ramassa tout ce qui traînait sur la table puis cramponna le bagage d'une poigne ferme.

« Bon, messieurs, c'est pas qu'on s'ennuie mais on a encore du boulot, il me semble. Allez, on se casse, on réglera les derniers détails en chemin. »

LA NUIT DES VOYOUS

« Mais il va arrêter avec son machin à roulette, la putain de sa mère ? Et il est où, son banc à l'autre enculé, là ? »

Il avait les guibolles comme de la guimauve. En contrebas, le gardien battait le rappel, s'époumonant dans son sifflet municipal. On fermait.

Se dirigeant d'un pas hésitant vers le plan d'eau, Riton faisait de son mieux pour se donner une contenance lorsqu'il croisait les badauds se hâtant vers la sortie. Le sac de sport contenant la « rançon », vieux modèle à carreaux fermé par une ficelle usée par le temps, lui battait le flanc à chaque enjambée. De temps à autre, il balayait les buissons ou les bosquets du regard, histoire de s'assurer que les autres étaient bien planqués comme prévu.

Il n'en distingua aucun.

Il bossait avec des pros.

Le parc Montreau, ça faisait des années qu'il n'y avait pas remis les pieds. Lui, quand il était mouflet, pour jouer au foot ou juste glander en réfléchissant à des conneries potentielles avec ses potes, c'était plutôt du côté du fort de Rosny qu'il traînait ses guêtres. La nature y paraissait plus sauvage, moins rangée. Le parc Montreau, avec ses bancs et ses gardiens à l'entrée, c'était un endroit pour les vieux et les lardons, un genre de parc de bourges. Du coup, l'idée que ce soit cet espace vert que les truands aient choisi pour effectuer la transaction lui semblait ridicule. On ne procédait pas à un échange de rançon entre deux arrangements floraux et une balançoire en forme d'éléphant à la con. Pour ce genre de business, il fallait au minimum un bout de terrain vague, une impasse miteuse, à la limite une ruelle mal éclairée. Un endroit qui craigne un minimum, quoi.

Et puis, de toute façon, il n'arrivait toujours pas à vraiment croire à tout ça.

C'était n'importe quoi.

« Ah, le v'là son banc. »

Un nouveau coup de sifflet lui transperça les oreilles.

« Et y va où, le jeune homme ? On ferme, là. »

Le gardien, petit homme rougeaud aux oreilles décollées, le dévisageait, l'air interrogatif.

« Ah, ben ouais, je sais, m'sieur. Faut juste que je récupère mon blouson que j'ai laissé là-bas, à côté du banc, mais après, je sors direct.

— Ça va, ça va. Mais dépêchez-vous, hein ! »

Le préposé municipal ponctua l'injonction d'un haussement de sourcils fataliste. Faisant mine de se satisfaire de la réponse, il fit demi-tour, se remettant à siffler comme un possédé à destination des derniers retardataires qui rêvassaient encore un peu autour du plan d'eau.

Riton pressa le pas.

Le timing était bon, tout se déroulait comme prévu.

Après s'être assuré que personne ne faisait attention à lui, il glissa le sac de sport sous le banc, rebroussa chemin, remontant doucement la petite route goudronnée qui menait vers le haut du parc et la sortie principale. Il souffla un grand coup. Au fur et à mesure que la montée d'adrénaline s'atténuait, elle laissait place à un méchant télescopage de neurones. Riton, délesté de son leurre et s'étant affranchi de sa mission, gambergeait sec.

Un truc le turlupinait : il était bien mariole, le Toubib avec son plan, mais s'il sortait du parc, il serait bien infoutu de voir ce qui se passerait ensuite. Comment saurait-il si le commando de furieux avait bien cravaté le gus ?

Et quand bien même ils choperaient le lascar et réussiraient à le faire parler, comment pouvait-il être certain qu'ils allaient vraiment essayer de sortir Nono de la mouise ? Il faisait confiance au Toubib, bien sûr, mais pour les trois autres, c'était une autre histoire. Après tout, ils étaient peut-être là juste pour la thune ou la baston ? Voire les deux. Avec des engins pareils, l'hypothèse était tout à fait envisageable.

Il n'y avait plus personne dans le coin. Il ralentit sa marche peu à peu, et, profitant d'un virage ombragé, il se glissa derrière un buisson d'épineux d'une taille raisonnable qui bordait le chemin. De là, on apercevait assez clairement les alentours du plan d'eau et le banc.

Après tout, rien ne l'obligeait à sortir de ce foutu parc.

« Ah, putain, c'est vraiment pas les pompes pour ça… »

Les santiags claquaient à un rythme frénétique sur le bitume. Passant de la route au trottoir, Nono zigzaguait du mieux qu'il pouvait entre les bagnoles en stationnement, histoire de tenter d'échapper à la 404 qui lui collait au train. Il la connaissait pourtant par cœur, cette bretelle d'autoroute vers nulle part, mais impossible de démerder un coin où il pourrait tenter de semer la caisse et ses occupants.

« J'vais t'fumer, fils de pute ! Attends que j'te chope, p'tite merde ! Tu m'entends, gadjo, je vais me faire un pendentif avec tes couilles, et après, j'vais filer ta bite à bouffer à mes clébards. »

Tanguant d'un bord à l'autre de la chaussée dans un grand raffut mécanique tel un éléphant d'Hannibal chargé aux amphétamines, raclant les portières des caisses sagement garées le long du trottoir et bousillant nombre de rétros au passage, le monstre de ferraille paraissait sans cesse au bord de la sortie de route fatale. Mais pour autant, ses poursuivants ne le lâchaient pas d'un pneu.

À l'intérieur de la bagnole, il y avait un monde fou.

Derrière le volant, Franck champignonnait tant qu'il pouvait, montant et descendant les vitesses frénétiquement et faisant de son mieux pour optimiser le potentiel de la vénérable représentante de la firme au lion. Jimmy, le plus petit des deux frangins, était assis à califourchon sur le rebord de la fenêtre passager, avec, dans la main droite, ce qui ressemblait furieusement à une carabine calibre 22 long rifle, et s'époumonait à l'adresse de Nono.

« T'as aucune chance, p'tit bâtard. On va t'choper et on finira le boulot. J'arrive ! J'arrive !

— Vas-y, Jimmy, mets-lui une bastos à ce p'tit enculé. Dégomme-le, j'te dis, fais-lui sa fête, nique-lui sa race. »

L'injonction à défourailler avait été éructée d'une voix qui avait dû un jour être féminine et provenait de l'arrière de la bagnole. Là, calée sur la banquette de skaï marron, suante et transpirante, trônait une imposante matrone aux cheveux et au regard comme fous. Sanglée dans une robe de nylon lie-de-vin, elle agrippait le dos du fauteuil conducteur, encourageant ses fistons en gueulant de toute la force de ses imposants poumons. À sa droite, toute de cuir rouge vêtue et avec un maquillage qui aurait collé un AVC à un caméléon, une crevette blonde d'une (toute) petite vingtaine d'années serrait frénétiquement une hache de taille raisonnable en mâchouillant un chewing-gum, bouche grande ouverte.

« Arrête tes conneries, m'man, y peut pas faire un carton en pleine rue. D'toute façon, il bouge tout le temps, ce p'tit pédé. Oh, t'arrêtes un peu les zigzags, connard ! »

Malgré sa taille fluette, la blondinette avait elle aussi la voix qui portait.

Sans s'arrêter de cavaler, Nono leva un majeur vengeur.

Comme ça, pour la gloire.

Parce que, pour le reste, la partie était mal engagée. Il faisait de son mieux pour étudier les options envisageables pour sauver sa peau, sauf qu'il avait l'impression qu'une bande de furieux disputait une partie de flipper démente à l'intérieur de sa tronche. L'obscurité du parking dans lequel il avait croupi pendant des plombes, et la collection de pains ramassés tout le long de cet interminable interrogatoire, lui avait sévèrement bousculé le cigare, et il avait les neurones en mille morceaux.

Une chose était sûre, pourtant : il n'arriverait jamais à se débarrasser de cette famille de tarés s'il continuait sur cette putain de ligne droite.

Au loin, devant lui, il aperçut la rue de Rosny. S'il réussissait à l'atteindre, il pourrait ensuite tracer jusqu'au Bel-Air. Là, ces connards ne seraient plus chez eux, et lui, de son côté, avait un paquet de chances de tomber sur des tronches connues susceptibles de lui filer un coup de main pour se débarrasser du troupeau de nuisibles. Et puis il connaissait la cité comme sa poche. Là-bas, il pourrait les semer tranquille.

« Vas-y, j'y suis presque. »

Ses éponges turbinaient comme des soufflets de forge, et à chaque fois qu'il inspirait, il avait l'impression qu'on lui vidait des litres d'acide dans le gosier, mais le souffle tenait bon et les guibolles faisaient le boulot. Lorsqu'il était môme, son daron, grand amateur de compétitions sportives télévisées autant que de bière fraîche, lui avait botté le cul cent fois pour qu'il ne sèche pas la gym. La pédagogie avait porté ses fruits, il avait toujours figuré parmi les cadors en course à pied, et ce malgré la quantité de clopes qu'il s'enfilait quotidiennement depuis.

Ça y était, il distinguait le dénivelé rejoignant la rue de Rosny. Plus que quelques mètres avant le virage.

Il n'entendit pas le cliquetis de métal derrière lui.

Toujours perché en équilibre instable sur la fenêtre de la bagnole, Jimmy venait d'armer la carabine.

« Putain, mais qu'est-ce qu'y branlent ?... »

Riton, accroupi dans son buisson, avait des fourmis dans les cannes.

Après le départ des derniers badauds, un grand silence s'était abattu sur le parc. Un calme vespéral seulement troublé par le pépiement des piafs dans les arbres et le vrombissement suraigu des mobs au loin. Les gardiens avaient bouclé les entrées depuis un bon moment déjà, l'obscurité, accompagnée d'une petite brise, pointait le bout de son nez en douceur, et ça faisait bien une plombe qu'il se gelait le cul, accroupi comme un con derrière la maigre touffe de verdure.

Côté banc, hormis un clebs en maraude venu procéder à son arrosage du soir, il ne s'était pas passé grand-chose, et le loubard commençait à vraiment désespérer. Ses genoux lui faisaient un mal de chien et il en était à se dire que, merde, après tout, même si la clique de bras cassés décidait de se tirer avec le pognon, il n'y pourrait pas lerche, et qu'il ferait bien de mettre les bouts, lorsqu'il aperçut une silhouette se profiler sur le chemin de terre qui longeait le plan d'eau.

Ça bougeait.

Il reprit sa posture de guetteur illico presto, retenant même sa respiration, comme si le lascar pouvait l'entendre.

Le mec, courbé comme pour échapper à un sniper planqué dans un arbre voisin, crapahutait à une vitesse soutenue façon commando. Il marqua un bref arrêt à la hauteur du banc, le temps de se pencher et de ramasser le sac de sport, puis reprit son chemin mais en cavalant nettement plus vite, cette fois-ci. Il attaquait la remontée vers la sortie principale du parc lorsque Riton, écarquillant les yeux comme un possédé, distingua juste derrière le type la silhouette fluette de Petit Fred qui lui filait le train au petit trot.

« Zarma, c'est comme au cinéma. »

Riton se releva et fit quelques mouvements pour se dérouiller les jambes avant de retourner à sa planque végétale. Cette dernière était sur le chemin du filoché et du filocheur, qui devaient donc inévitablement passer à sa hauteur pour atteindre la sortie. Il attendit patiemment, histoire de voir s'il pouvait au moins tenter d'apercevoir, et avec un peu de bol, d'identifier, le premier gus.

C'est juste au moment où le duo abordait un virage en pente douce que, jaillissant d'un buisson, deux ombres plongèrent sur Petit Fred, le plaquant violemment au sol. Une fois encore, Riton arrêta de respirer. Malgré l'obscurité, il distinguait très nettement la scène en train de se dérouler un peu plus bas.

« Oh merde ! Mais c'est qui ces connards ? »

Le plus grand des deux lascars, à cheval sur Petit Fred, faisait de son mieux pour le maintenir au sol tandis que le deuxième, plus court sur pattes mais gaulé comme un tas de briques, agitait d'un bras vengeur ce qui ressemblait fort à un tuyau en ferraille d'une taille raisonnable au-dessus de sa tête.

« Lâche-moi, putain, mais lâche-moi, toi. J'vais t'défoncer, fils de pute. »

Crachant, éructant et tatanant à tout va, l'ex-toxico socio-cul agitait les cannes dans tous les sens, faisant de son mieux pour se dégager de l'emprise du petit trapu qui le chevauchait.

« Tu vas rien défoncer du tout, p'tite baltringue. Tu vas juste fermer un peu ta gueule et arrêter de bouger comme ça tout le temps ! Arrête tout de suite ! Tu sais qui je suis, moi ? Tu veux que j't'apprenne le respect ? »

Même si les questions appelaient, somme toute, assez peu de réponses, le chevaucheur raffermit l'étreinte de ses cuisses de champion de rodéo et tira deux mandales de compétition à Petit Fred, histoire de bien appuyer son propos. La première torgnole lui fendit la lèvre en deux, la deuxième lui éclata le nez.

« Va te faire enculer », gargouilla l'immobilisé pour toute réponse.

Soucieux de préserver une petite gueule à laquelle il avait fini par s'attacher et au prix d'un effort intense, il eut tout juste la force de rouler sur le côté, faisant basculer son cavalier et évitant de très peu le tuyau de plomb qui s'abattit sur le sol avec un bruit sec, juste à l'endroit où se trouvait sa tête une fraction de seconde auparavant.

« Et c'est qui qui va m'enculer, petit, mmm ? Toi tout seul, ou tu vas inviter des potes ? »

Tel le golfeur avant son swing, et faisant preuve d'une étonnante souplesse, le type avait pris son élan, relevant une nouvelle fois le tuyau au-dessus de sa tête.

Le deuxième coup atteignit Petit Fred juste à côté de l'oreille, lui explosant la tempe.

Planqué dans son buisson, Riton tripotait nerveusement la sécurité du couteau à cran d'arrêt au fond de sa poche. Que faire ? Après tout, tout ça, c'était un peu sa faute à lui. Il n'allait pas laisser Petit Fred continuer de se faire massacrer la gueule à grands coups de tuyau sans intervenir. En même temps, merde, c'étaient eux, les anciens, les pros censés gérer ce boxon. Et puis les mecs étaient deux, enfin plutôt trois. Et lui, ben il était tout seul…

Il remonta le col de son blouson. D'un seul coup, il se sentait renvoyé à sa triste condition de branleur en santiags. Il n'était rien d'autre qu'un pauvre petit barlou à la mords-moi le nœud, dans la panade jusqu'aux oreilles et incapable de la moindre initiative. Histoire de se donner une contenance, il sortit le couteau de sa poche.

« Raaaaaahhhhrg ! »

Un hurlement à glacer les sangs le figea sur place.

Jaillissant de nulle part et agitant sa machette à bout de bras, Bulldozer déboulait à grande vitesse, gueulant comme un putois. « Kess t'as fait à mon pote, sale fils de pute ?! J'vais t'buter, j'vais t'défoncer ! Tu vas manger tes morts, sale petite merde !... »

« Putain, la cavalerie ! » Riton renonça instantanément à toute velléité belliqueuse. Remballant son couteau vite fait, il opta pour un statu quo prudent.

D'autant que, dans les brisées du géant et armés jusqu'aux oreilles, le Toubib et le Katangais arrivaient eux aussi en renfort.

D'un coup d'un seul, ce fut la piste aux étoiles.

Vroush !

La première décharge de chevrotine était passée à un mètre de sa tête, vrombissant tel un vol de frelons sous amphétamines. Nono se mit à cavaler en zigzag comme un dératé, histoire d'éviter l'inévitable prochaine volée de plombs.

La vache ! Non seulement ils cognaient dur, mais en plus les mecs étaient enfouraillés.

Apercevant un carrefour un peu plus loin, il accéléra encore juste au moment où retentissait la deuxième détonation. Le talon de sa santiag gauche éclata d'un coup au contact des grenailles de plomb projetées à grande vitesse, qui s'enfoncèrent aussi en profondeur dans sa cheville et son mollet. Ses poursuivants avaient manifestement renoncé à lui exploser le crâne et opté, d'un tir ajusté, pour l'immobilisation.

« Aaahh ! Mais merde !... »

Nono perdit brutalement l'équilibre, et la 404 rugissante le cueillit à l'intérieur des deux genoux, juste avant qu'il se ramasse sur le bitume.

Embarqué sur le capot de la bagnole en pleine course, il se retourna sur le ventre, faisant de son mieux pour s'agripper aux deux pauvres essuie-glace qui n'en pouvaient mais.

« Accrochez-vous ! »

Franck appuya de toute la force de ses deux pieds sur le frein. Malgré le bruit épouvantable et la longue trace de gomme laissée sur la chaussée, la pédale ne traversa pas le plancher rouillé de la bagnole. Sous la violence du choc, Nono, un essuie-glace dans chaque main, partit jambes en arrière, terminant sa course allongé sur la chaussée avec vue imprenable sur la calandre défoncée de la caisse. Lorsque, tentant de se remettre à la verticale et de foutre à nouveau le camp, ses pieds reprirent contact avec le bitume, la douleur qui l'envahit fut telle qu'il perdit connaissance.

« Vas-y, m'man, ouvre le coffre ! Magne-toi !...

— Dis donc, toi, comment tu parles à ta mère, p'tit branleur ! »

Chiquant à la vertu outragée, la matrone fit toutefois de son mieux pour s'extraire, suante et ahanante, de la banquette arrière, tandis que les deux frangins jaillissaient de la bagnole.

« Tu crois qu'il est cané, ce con ? »

Penché sur le corps inanimé de Nono, Jimmy paraissait perplexe.

« Mais qu'est-ce que tu veux que j'en sache, moi ? J'ai l'air d'un toubib ? Sous les bras, chope-le sous les bras. Mais magne, putain ! »

Ils se saisirent du loubard qu'ils balancèrent sans ménagement à l'arrière de la 404.

« Allez, allez, on s'arrache, là. »

Le soleil déclinait doucement. À cette heure-ci, il n'y avait jamais grand monde dans ce coin de Montreuil, mais on était toujours à la merci d'un clampin de passage. Ils firent *fissa*, tirant le maximum du moulin de la vieille Peugeot, filant vers la cité du Bel-Air, en haut de la route du cimetière.

« Mais lâche ça, merde. 'tain, mais il est trop con, lui… »

De son impressionnante main droite, Bulldozer tenait le mec au tuyau de plomb à environ un mètre au-dessus du sol, lui distribuant de grandes baffes sonores du plat et du dos d'une main gauche non moins conséquente en de métronomiques allers-retours. Yeux fermés, le gus avait manifestement perdu connaissance depuis un moment, mais restait pour autant agrippé à son tuyau de plomb tel un naufragé urbain.

Juste derrière le distributeur automatique de beignes, après avoir libéré Petit Fred des cuisses de l'autre lascar, Daniel était aux prises avec ce dernier, et la partie paraissait nettement plus complexe. Lorsque, afin de débloquer une situation qui paraissait inextricable, il lui avait collé le quarante-deux de sa chaussure de sécurité en pleine tête, il n'avait pas eu le temps de bien évaluer à qui il avait affaire.

« C'est tout c'que t'as ? »

Malgré le puissant coup de saton, le géant n'avait même pas vacillé. Imperturbable, il continuait de faire face à son adversaire, l'air goguenard. Des affreux, Daniel s'en était coltiné quelques-uns, mais celui-là était hors compétition. À vrai dire, si ça n'avait été l'impressionnante paire d'oreilles décollées qui apportait un vague relief à sa silhouette, on aurait vraiment dit un tronc d'arbre juste agrémenté d'une paire de bras. Dire que le type était balaise ne donnait même pas un aperçu de l'affaire.

Il était plus que ça.

Bien plus.

« Allez, ramène-toi, p'tite tafiole. J'vais t'éplucher la gueule avec mes poings, tu vas voir. »

La trogne fendue d'un grand sourire, le monstre se dandinait sur place, l'air gourmand.

Face à l'offre, Daniel parut hésiter un instant puis plongea la main dans son blouson, en extirpa le Manurhin et pressa la détente d'une main ferme, plombant le Frankenstein de service pile entre les deux yeux. La montagne de barbaque continua son étrange danse un bref instant, puis s'écroula sur elle-même en commençant de se ramollir par le bas, un peu comme ces tours de grands ensembles urbains lorsqu'on les dynamite.

Un grand silence suivit le claquement sec de l'arme à feu.

« Faut être honnête, j'avais aucune chance. »

Tout le monde regardait Daniel, qui remballait tranquillement sa pétoire.

« Quoi, j'ai plombé l'ambiance ? »

Riton, qui avait fini par émerger de sa cachette afin de prêter main-forte, s'était arrêté net à une distance raisonnable de la baston générale. Franchement, là, ça devenait n'importe quoi. Voilà que ça défouraillait, maintenant.

« Putain, Daniel, tu fais chier, là. Allez, on s'arrache, maintenant ! Magnez-vous les gars, les condés vont rappliquer. »

D'un ton sec et sans appel, le Toubib battait le rappel des troupes. Joignant le geste à la parole, il enfourna sa carabine à canon scié dans le sac en toile de jute qu'il portait à l'épaule et opéra une volte-face.

« Ça va, Toubib, gueule pas. Qu'est-ce que tu voulais que je fasse d'autre avec ce mastard ? J'avais pas le choix. »

Daniel s'essuyait les mains sur les cuisses.

« C'est bon, on parlera de ça plus tard. Bulldozer, on se casse. »

L'air déçu et sans pour autant lâcher complètement sa prise, le gorille déposa délicatement sa proie sur le sol. Le joueur de tuyau avait la tronche comme un steak tartare avant assaisonnement.

« Qu'est-ce qu'on fait pour Petit Fred, Toubib ? »

Malgré son absence totale de qualification en matière de santé mais dans un effort louable pour redonner un peu d'authenticité à son surnom, l'hypocondriaque se pencha sur le corps baignant dans une flaque de sang, posant sa tête dégarnie sur la cage thoracique de Petit Fred.

« Y a rien à faire, il est cané.

— Vous faites comme vous voulez, mais moi, je le laisse pas là. Pas question que ce soient les condés qui aillent dire à sa mère qu'il a clamsé au parc Montreau. Dégagez de là. »

Tout en douceur, Bulldozer ramassa son pote sous les bras et le fit passer lentement en travers de ses épaules.

Il avait les yeux humides.

« Et le keum qui s'est tiré avec le sac plastique, il est où ? »

Daniel scrutait vainement l'obscurité du parc, le mec avait mis les bouts depuis un moment déjà.

« Qu'il aille se faire enculer, çui-là. »

Bulldozer s'étant déjà mis en route avec son fardeau en travers des épaules, les deux autres collèrent les divers outils contondants qui traînaient de-ci de-là dans le grand sac et lui emboîtèrent le pas sans moufter.

Tapi dans son buisson, Riton les laissa passer puis sortit une nouvelle fois le cran d'arrêt de sa poche, l'essuyant machinalement sur sa jambe de pantalon, et le jeta le plus loin possible dans la direction de l'étang. Ces machins-là, il éviterait à l'avenir.

Lorsqu'il ne distingua plus le trio de soldats de fortune, il émergea de sa cachette et fila de toute la vitesse que lui permettaient ses guibolles tremblotantes vers le bas du parc. Là-bas, il connaissait une sortie discrète.

Une sirène de police retentit au loin.

« Freine, mais freine, putain ! Cet enculé a tué maman ! »

Il faut dire que Nono n'avait pas raté la daronne. La manivelle qu'il avait dégottée, traînant entre un vieux jerrycan et des câbles de batterie sur le tapis de sol pisseux de la 404, l'avait atteinte pile au sommet du crâne, qui s'était ouvert comme un fruit trop mûr. Persuadés qu'il était tombé dans les pommes, ces cons-là n'avaient même pas pris la peine d'attacher le loubard.

Sous le choc, la vénérable matrone avait basculé tête la première vers la banquette avant, heurtant la nuque de Franck qui perdit le contrôle de la bagnole. Le tas de ferraille partit en tête-à-queue, bousculant au passage un pékin qui rentrait des commissions sur sa mobylette, puis finit sa course, fumant et bouillonnant, tanqué en travers de la route.

À l'arrière du break, le barlou, commotionné mais terrifié à l'idée de se retrouver à nouveau aux prises avec le tortionnaire au cigare, rassembla ce qu'il lui restait de forces et attaqua la porte du coffre à grands coups de pompe. C'était maintenant ou jamais.

La serrure rouillée ne se le fit pas dire deux fois, et, dans un couinement tragique, le coffre s'ouvrit d'un coup sec vers le haut. Nono se jeta sur la chaussée, décarrant du plus vite qu'il put vers le Bel-Air avec l'espoir d'y démerder de l'aide.

« Il se casse, Franck ! Il est en train de se casser. Démarre, putain ! Démarre, j'te dis. Faut lui niquer sa mère, au gadjo. »

Jimmy s'était bouffé le tableau de bord durant le dérapage et y avait laissé l'empreinte de ses dents. L'envie de vengeance faisant office d'adrénaline, il secouait son frangin comme un prunier.

« M'man ? Ça va, m'man ?… »

La petite blonde en cuir rouge qui était restée silencieuse jusque-là caressait doucement la joue de sa génitrice qui, pissant abondamment le sang sur la banquette en skaï, trouva malgré tout la force d'éructer.

« Franck ! Fais comme il a dit, ton frère. Attrape-moi ce p'tit bâtard qu'on lui mette sa race.

— OK, m'man. C'est reparti. »

Balançant un méchant nuage d'huile brûlée, la bagnole redémarra finalement à la troisième tentative. Franck enclencha sèchement la première et défonça l'accélérateur.

« Prends tout droit, il s'est tiré vers le Bel-Air.

— Ça va, je sais, chuis pas miro, j'le vois. »

Au milieu de la chaussée, le prolo qui rentrait du marché, mort de trouille, avait ramassé carottes et poireaux, les avait collés dans les sacoches de skaï qui pendaient au porte-bagages de sa brèle et moulinait comme un possédé pour redémarrer la Motobécane, histoire de se trisser au plus vite.

Il n'avait rien vu, rien entendu, et était très pressé d'aller raconter tout ça à bobonne.

Au bout de la rue, suant sang et eau, Nono avait lui aussi enclenché le turbo. Ses jambes lui faisaient un mal de chien, mais il apercevait au loin les tours de la cité. Bonnard, encore quelques mètres et il y serait. Gémissant de douleur sous l'effort, il allongea encore un peu ses foulées. Il eut juste le temps d'entendre le hurlement du moulin derrière lui avant que ses deux jambes se brisent sous la violence du choc. Cette fois-ci, ses poursuivants n'avaient même pas pris la peine de freiner. Plus question de le choper vivant, ils en avaient classe de ce connard.

Juste avant de partir à dache, le fuyard eut fugitivement en tête l'image du lion de Sochaux debout, toutes griffes en avant, dans le losange noir qui ornait toutes les calandres des Peugeot. Il ne parvint pas à se souvenir s'il y en avait bien un sur celle qui venait de lui faire la peau.

« Allez, allez, on bouge, là... Jimmy, aide maman à sortir. Vite ! Linda, toi, tu ramasses tout ce qu'il y a dans la bagnole. Tout, t'as compris ? On laisse rien aux schmidts. »

Franck s'extirpa rapidement de derrière son volant.

« Ça va, c'est bon, chuis pas débile », grommela la blonde en mâchouillant son chewing-gum la bouche grande ouverte. Elle collecta méthodiquement tout ce qu'elle trouva autour d'elle, enfournant sa moisson dans un sac-poubelle qu'elle ferma soigneusement avant de sortir de la voiture.

Après l'avoir extraite le plus délicatement possible de la banquette arrière, Jimmy avait glissé un bras sous ceux de sa daronne, et, la soutenant du mieux qu'il put, tous deux titubèrent en s'éloignant du groupe d'immeubles qu'on distinguait quelques mètres plus loin.

« Attends, attends ! Choufe les fenêtres, Jimmy, je vais lui choucrater ses tiags !

— Hé mais putain, mais t'es un gros narvalo, toi. Fais pas chier. Tu crois vraiment qu'on a que ça à foutre ?! Vas-y, on s'arrache, là. »

Ignorant l'injonction de son frère, Franck s'avança vers le corps inanimé étalé devant la calandre enfoncée. Il eut un haut-le-cœur en découvrant les jambes fracassées de Nono, mais, sans se démonter, s'attaqua à la botte gauche qui glissa de la jambe avec une facilité déconcertante et dans un bruit gluant.

Ce fut comme une vague. Franck eut juste le temps de poser la godasse mexicaine sur le sol avant de gerber tripes et boyaux. Il s'épongea du revers de la manche puis rejoignit rapidement les autres.

De-ci de-là, des bobines s'affichaient aux fenêtres des immeubles avoisinants.

PAS VU, PAS PRIS

« Sur la tête de ma mère, des caves pareils, crois-moi, ça se trouve pas à tous les coins de rue. Quand je les ai vus rentrer, les trois couillons, j'étais sûr qu'il fallait sauter sur l'occasion. Pour quoi faire précisément ? Franchement, sur le coup, j'en avais pas la moindre idée, mais des baltringues de ce calibre, des ahuris de ce niveau servis sur un plateau, ça se refuse pas. Et puis, avec toute cette thune dans les poches, je savais bien que ça sentait la connerie. Ça me démangeait de les étouffer, ces lovés. Rien que pour faire chier mon vieux. Mais pour BIEN le faire chier, tu vois. Qu'il pige une bonne fois pour toutes que j'étais pas son chien. Que je pouvais faire autre chose que d'aller relever les compteurs, d'être le livreur de service.

» Parce que ça commençait à bien me casser les couilles, tout ça. Y en avait que pour mes deux connards de frangins : et Franck par ci, et Jimmy par là, et “Prends exemple sur tes frangins, eux c’est des hommes, des vrais”. Et “Au moins y prennent des initiatives, on peut compter sur eux”, que c’était pas parce que “Môssieur l’intello avait son bac qu’il fallait qu’il se croie mieux que les autres”. J’avais l’impression d’entendre un chef de rayon à Prisunic, ou, encore pire, M. Fignedé, mon connard d’instit de CP, celui qui passait ses journées à me traiter de bon à rien et à me seriner que je finirais à Fleury ou, pire encore, au coin de la rue à taper la manche comme un clodo. »

Le mec avala une longue gorgée de café tiède, reposa la tasse sur le rebord de la fenêtre et joua avec la chevalière à pierre noire qui ornait son annulaire.

« De toute façon, je savais depuis longtemps qu’un de ces quatre j’allais lui tirer, son pognon, fallait juste que je me décide. Les trois mariolles picolaient comme des trous, mais moi, j’y allais mollo. Je gambergeais. Vu le nombre de branlées que m’a foutues mon daron quand j’étais môme, je me faisais aucune illusion sur son amour paternel. Je ne sais pas s’il aurait été jusqu’à me buter, mais ça ne me disait rien de vérifier. Donc, si je prenais la tangente, c’était pour de bon. Et il valait mieux que je parte loin. Très loin. » Il alluma une cigarette.

« Quand on est sortis du rade, j'ai bien vu que le plus grand des trois était complètement bourré et totalement incapable de conduire. Mais qu'est-ce que je pouvais y faire ? J'avais décidé d'accompagner le mouvement, de toute façon. De me laisser porter. Ça n'a pas loupé, l'autre con n'y voyait pas à un mètre, donc on a cartonné… Et là, je suis parti à dache pendant un sacré bout de temps.

» Quand je me suis réveillé avec la tronche éclatée au fond d'un trou, ça m'a pris un peu de temps pour rassembler les morceaux. Mais, petit à petit, je me suis refait le film de la soirée jusqu'au carton en haut de la route du cimetière, et c'est là que j'ai pigé :

» J'étais mort. Raide mort. Décédé, repassé, allongé, calanché, crevé. Et ça, c'était le mektoub. Obligé.

» Ce soir-là, dans ma ceinture, j'avais un bon paquet d'oseille. La plus grosse partie, c'était la thune qu'on prenait aux troquets du haut Montreuil sur les machines à sous, les putes de comptoir ou les parties de cartes clandestines. Mon daron avait monté son petit racket depuis des années, et ça rapportait gentiment. Là, j'avais l'équivalent de deux mois en biftons, donc imagine. Et puis on faisait aussi un peu la banque à l'occasion, et j'étais passé dans la journée récupérer le principal et les intérêts de deux trois caves. J'avais pas fait les additions, mais vu l'épaisseur du paquet de talbins, c'était plutôt une bonne semaine. Pas assez pour se payer une Ferrari, mais largement de quoi voir venir. De toute façon, les italiennes, c'est pas mon truc.

» Je sais pas combien de temps je suis resté à moisir au fond de mon trou, mais ça m'a pris un paquet de temps pour me tirer du terrain vague. Je pouvais à peine arquer. J'avais mal partout, je sentais plus mes jambes et j'avais la tronche comme une cocotte-minute. Je me suis d'abord traîné, mais dès que j'ai réussi à tenir à peu près debout, je me suis mis à tracer. Mon plan c'était d'aller direct à la gare de Lyon et de prendre le premier train qui me ferait envie. Je savais bien que la nouvelle allait commencer à circuler sur radio-trottoir et que la famille allait se mettre à me chercher *fissa*.

» Sauf qu'en sortant du terrain vague, j'ai aperçu mon reflet dans la vitrine d'un troquet : impossible de me balader sans risque avec une gueule pareille. Franchement, je me foutais les jetons à moi-même. J'étais gonflé comme un ballon de foot, entaillé de partout. J'avais du sang séché plein la tronche et une tripotée de petits bouts de pare-brise incrustés dans le front, le pif et les joues.

» Coup de bol, j'étais pas bien loin de chez un mec qui s'occupait souvent de la famille en cas de coups durs. Quand ça partait en couille et qu'on avait besoin d'une planque, de papiers d'identité ou de trois points de suture vite fait, c'était toujours chez lui qu'on allait. Il était encore tôt, y avait peu de chances qu'il soit au courant de quoi que ce soit. Vu l'heure qu'il était, il a d'abord fait un peu la gueule, mais le pognon a adouci son humeur et il a passé quelques heures à m'arranger à peu près le portrait. Pendant ce temps-là, je l'ai baratiné comme quoi il fallait que je me mette au vert à cause d'un braco foireux, que c'était mon daron qui m'envoyait, et blablabla. Je sais pas s'il m'a cru mais il m'a refourgué un ancien passeport bidon qui m'avait déjà servi quelques années avant, un costard d'employé de bureau du genre marron et un attaché-case. Il m'a même magouillé une chouette paire de bacchantes bidon, histoire d'être raccord avec la photo sur les fafiots. »

Il avala encore une longue gorgée de café, releva une mèche de cheveux noirs qui pendait devant son visage, et poursuivit :

« J'ai tracé jusqu'au métro. Comme il était encore tôt, c'était plein de pue-la-sueur qui partaient au boulot. Ça regardait ses godasses ou ça lisait son baveux, personne ne faisait attention à moi. À Nation, j'ai même croisé des condés, mais ils étaient occupés à emmerder une bande de babas qui jouaient de la gratte et je suis passé comme une fleur. Quand je suis arrivé à Gare-de-Lyon, j'avais le choix entre l'Espagne et l'Italie, mais moi, j'ai toujours préféré le flamenco aux spaghettis. Du coup, me v'là. Voilà, maintenant tu sais tout. Ça te dit, un p'tit déj en terrasse ? »

Le type écrasa sa cigarette dans le cendrier, posa sa tasse et descendit les stores, histoire de filtrer un peu le soleil de juillet qui transformait la petite piaule en étuve. Allongée nue sur le lit, la brune le regardait, sourire aux lèvres. Elle avait des yeux de chat.

Il faisait vraiment très chaud à Barcelone, cet été-là.

ÉPILOGUE

« Dites donc, c'est pas bientôt fini ce bordel ?

— Excusez-moi, m'sieur Desmoines, faut vraiment que je m'occupe de graisser le rideau de fer, mais j'ai pas eu une minute à moi, ces derniers temps.

— Ouais, ben pensez-y vite, hein ! Y a des gens qui bossent et qu'ont besoin de dormir. J'vais finir par aller aux flics pour porter plainte, rapport au tapage nocturne.

— C'est promis, m'sieur Desmoines, j'vais faire le nécessaire cette semaine, répondit Riton d'une voix affable. Et puis allez aussi vous faire bien enculer, quand vous aurez cinq minutes », ajouta-t-il *mezza voce.*

Celui-là, il le faisait chier depuis le début. Ça lui était resté en travers, à ce Dupont Lajoie à la con, que le patron confie la gérance de sa boucherie à un petit voyou de son acabit. Et un avec une vraie tronche de bicot, encore. Décidément, tout foutait le camp. J't'aurais collé ça au mur vite fait, et hop ! Douze balles dans la peau.

Pourtant, au début, quand il avait été embauché comme apprenti, le taulier, Riton l'avait eu sur le dos du matin au soir. Gérard, qu'il s'appelait. Un Corrézien costaud avec un vrai caractère de chiotte qui parlait que quand ça comptait vraiment. C'est-à-dire pas souvent.

Ça avait duré un bon bout de temps les coups de pression, les soupirs exaspérés et les regards en coin. À croire que Riton ne faisait jamais rien de bien. Faut dire aussi que la tâche était rude. Toute la journée les mains dans la barbaque. Mais peu à peu, il avait pris goût au boulot, et même les silences de Gérard étaient devenus réconfortants. À force de passer plus de la moitié de leur vie ensemble, les deux avaient fini par s'apprivoiser mutuellement. Et c'est tout tranquillement qu'un matin, un paquet d'années plus tard, son pote le patron lui avait refilé les clés de la boucherie avant d'aller se mettre les doigts de pied en éventail dans le sam'suffit qu'il avait fait construire du côté de Neuilly-Plaisance.

« Tu feras pas le con, hein ! Cette affaire, c'est toute ma vie.

— Sur la tête de ma mère, Gérard, avait bafouillé Riton, ému en tripotant le jeu de clés.

— Mais tu peux pas lui foutre un peu la paix, à ta mère, s'était marré le quasi-retraité en montant dans sa bagnole chargée ras la gueule. Qu'est-ce que vous avez tous, avec vos mères ? Vous croyez pas que vous les avez déjà assez fait chier comme ça, non ? »

Riton avait rigolé, on s'en était serré cinq et la vie avait continué gentiment.

Dire que le découpage de steaks ou la confection de saucisses s'étaient imposés à lui comme une vocation serait très exagéré, mais, après l'avalanche de merde que ses potes et lui avaient déclenchée, il avait bien fallu que le rocker se tienne à carreau et qu'il trouve quelque chose à faire de sa vie.

« Macabre découverte dans une cité montreuilloise », « Le cadavre du parking », « Des voyous font régner la terreur en Seine-Saint-Denis », « L'insécurité s'installe aux portes de Paris ». Durant les trois ou quatre semaines qui suivirent les événements, les canards s'en étaient donné à cœur joie. À droite comme à gauche, on avait bouffé du délinquant juvénile à tous les repas. Et puis, peu à peu, les journaleux étaient passés à autre chose. Les congés d'été pointant leur museau, la crème à bronzer, la glacière et les piles pour le transistor avaient fait peu à peu oublier le tir au pigeon du haut Montreuil.

Côté flics, on n'avait pas chômé non plus. Entre les descentes dans les cités et les contrôles renforcés dans les métros, sortir ses papiers quand on avait moins de vingt-cinq ans était devenu un sport régional de haut niveau. En même temps, les mecs avaient déjà pas mal d'entraînement dans ce domaine.

En ce qui concernait cette affaire, le ministre de l'Intérieur avait exigé du préfet une sévérité exemplaire, que les coupables soient arrêtés, châtiés, et que l'ordre républicain règne à nouveau au plus vite dans ces quartiers sans foi ni loi.

La routine, quoi.

Inutile de préciser que les nombreuses opérations coups de poing diligentées dans les cités du Bel-Air et des Grands-Pêchers n'avaient guère perturbé la vie des différents protagonistes de « l'épopée sauvage du haut Montreuil ». Après avoir pris la tangente en province quelques semaines histoire de se faire oublier, le Toubib était retourné potasser ses dictionnaires médicaux dans le pavillon familial. Concernant Bulldozer et le Katangais, les légendes urbaines abondaient. Celui-ci savait de source sûre qu'ils avaient rejoint la bande des « affreux » de Bob Denard aux Comores, tel autre affirmait que le duo se faisait un max de thune sur une plateforme pétrolière offshore en mer du Nord, et cet autre encore était persuadé de les avoir vus traîner du côté des puces de Clignancourt où ils bricolaient dans la fausse anticaille… En gros, personne n'avait la moindre foutue idée de ce qu'ils étaient devenus.

Mais avant de tous s'éparpiller dans la nature, ce qui restait de la petite bande s'était pourtant retrouvé une toute dernière fois, le jour de l'enterrement de Petit Fred. Partant du principe que le cimetière de Montreuil serait sûrement rempli de poulets ce matin-là, ils s'étaient bien gardés d'y pointer leur museau. Jetant leur dévolu sur un troquet non loin de là, ils y organisèrent une cérémonie que l'on pourrait difficilement qualifier de sobre, compte tenu de la quantité de liquides ingérés pour l'occasion, mais qui eut le mérite d'honorer dignement la mémoire de leurs potes.

De son côté, fauché, secoué, ne sachant vraiment pas quoi foutre de sa vie, Riton, après une longue conversation sévèrement arrosée, avait écouté les conseils du Rouquin, le vieux pote de Jean-Claude, et opté pour une formation aux « métiers de la viande » dans une école du côté de la Porte Dorée, de l'autre côté du périph.

« Tu verras, dans la barbaque, y a toujours du taf. »

Toute façon, ça ou autre chose… Ce qu'il lui fallait, c'était un truc pour remplir ses journées et tout faire pour oublier la mort de ses deux potes, ou au moins s'habituer à l'idée.

Et cette partie du dossier n'avait pas été une mince affaire.

Basse côte, aloyau, épigramme, bavette, mignonette, jumeau, flanchet, il fallait commencer par apprendre par cœur le bréviaire du louchebem et ses innombrables appellations exotiques. Simultanément, on s'entraînait à saigner, scier, dénerver, détailler, habiller, entrelarder, parer en faisant bien gaffe à pas laisser traîner un doigt ou deux sous la lame de la feuille. Et puis, on finissait toujours par emballer (c'est pesé) et à en laisser s'il y en avait un peu plus.

Quand il rentrait chez lui le soir, lessivé par une journée de boulot, il commençait par se rouler un gros pétard, s'ouvrait une bière et s'effondrait devant une connerie à la télé. En la matière, il n'y avait jamais pénurie. Longtemps hostile à une substance qu'il avait jusque-là considérée comme réservée aux hippies mous du bulbe, il avait récemment découvert les nombreuses vertus du THC et pratiquait ce nouveau loisir à un rythme soutenu.

Un de ses potes lui avait bien expliqué que ça niquait les neurones, mais pour ce que Riton faisait des siens, ça lui allait très bien comme ça.

Il lui arrivait encore d'écouter un peu de musique de temps à autre, mais bien moins qu'avant. De toute façon, le rock des origines, aujourd'hui ça n'intéressait plus grand monde. Autour de lui, tous les mômes du quartier s'étaient mis au funk, au rap, et même si ça ne le dérangeait pas plus que ça, il n'écouterait jamais ces machins-là à la maison. Non, par contre, le truc qui le choquait vraiment c'était que, meuf ou mec, tout le monde portait des survêts. Ça, franchement, c'était n'importe quoi. Et pourquoi pas un pyjama, tant qu'ils y étaient.

Marrant quand même, il avait à peine trente piges et il était déjà devenu un ancien.

Une espèce en voie de disparition.

Parce que des anciens, il fallait bien dire qu'il n'en restait plus des masses dans le secteur : entre ceux qui avaient fini au placard ou un garrot autour du bras, et les autres, disparus de morts plus ou moins violentes, les veinards qui avaient réussi à se ranger des voitures en s'insérant dans la vie active étaient peu nombreux. Pourtant, de temps à autre, au hasard d'un coin de rue, d'un trajet en bus ou d'un petit noir au comptoir, Riton en retapissait un.

Un vrai.

Un vieux.

L'identification tenait à pas grand-chose : un tatouage à moitié effacé sur l'avant-bras, une croix à l'oreille (en mémoire de Gene Vincent ou de Cochran, à vrai dire, il ne se souvenait plus précisément), une chevalière qui en jette un peu à l'annulaire, voire juste une façon de se tenir, de se déplacer dans l'espace, de marcher.

Les cannes un poil écartées, pieds à dix heures dix, on décolle un peu les bras des flancs et on les balance en douceur, pour marquer la cadence. Nez relevé, regard calé sur la ligne d'horizon (ou sur la Porte de Montreuil), on avance, sans même un regard autour de soi.

Tout droit.

Borderline

« Ce texte, on ne pourrait plus le publier aujourd'hui ! » : combien de fois l'éditeur a-t-il entendu ce genre d'affirmation… Nous, nous avons un mauvais esprit et pas mal de liberté ; aussi il nous a plu de consacrer une collection à tous ces ouvrages que l'air du temps préférerait réserver aux bouquinistes et au rayon vintage. Cette collection, nous l'avons appelée *Borderline.*

Comment définir – sans froisser personne – les livres que nous voulons y publier ? Justement comme autant de livres qui se ficheront de froisser qui que ce soit. Des fictions sans précautions, sans le filtre des nouveaux catéchismes ou l'intervention de *sensitivity readers.*

Chez *Borderline* vous trouverez des inédits, des rééditions, des curiosités, autant d'hommages au « pulp » ou de retrouvailles avec la littérature de genre. Des ouvrages qui s'adresseront à tous les lecteurs avides de vigueur, de bonne santé, d'insolence et de liberté.

Directeur de collection : Arnaud Hofmarcher

Conception graphique : Justine Dupré
Composition : Facompo Lisieux
Dépôt légal : mai 2022
ISBN 978-2-7491-7325-2

Vous pouvez consulter notre catalogue général
et l'annonce de nos prochaines parutions sur notre site :
www.cherche-midi.com

92, avenue de France – 75013 Paris

Achevé d'Imprimer en avril 2022
par Grafica Veneta S.p.A.
à Trebaseleghe (Padova)

FSC
www.fsc.org
MIXTE
Papier issu de
sources responsables
FSC® C003309

L'éditeur de cet ouvrage s'engage dans une démarche
de certification FSC® qui contribue à la préservation
des forêts pour les générations futures.

Pour en savoir plus :
www.editis.com/engagement-rse/